SCHUTZ FÜR TEX

SEALS OF PROTECTION
BUCH 14

SUSAN STOKER

Schutz für Tex

<u>SEALs of Protection: Alliance</u>

Schutz für Remi

Schutz für Wren

Schutz für Josie

Schutz für Maggie

Schutz für Addison (6 May)

Schutz für Kelli

Schutz für Bree

<u>Ein Spiel des Glücks</u>

Ein Beschützer für Carlise

Ein Prinz für June (1 Jun)

Ein Held für Marlowe (1 Aug)

Ein Holzfäller für April (1 Okt)

<u>Die Rescue Angels</u>

Hilfe für Laryn (1 Jul)

Hilfe für Amanda (4 Nov)

Hilfe für Zita

Hilfe für Penny

Hilfe für Kara

Hilfe für Jennifer

<u>Die Männer von Silverstone</u>

Vertrauen in Skylar

Vertrauen in Taylor

Vertrauen in Molly

Vertrauen in Cassidy

<u>Die Zuflucht in den Bergen</u>

Zuflucht für Alaska

Zuflucht für Henley

Zuflucht für Reese

Zuflucht für Cora

Zuflucht für Lara

Zuflucht für Maisy

Zuflucht für Ryleigh

<u>Das Bergungsteam vom Eagle Point</u>

Ein Retter für Lilly

Ein Retter für Elsie

Ein Retter für Bristol

Ein Retter für Caryn

Ein Retter für Finley

Ein Retter für Heather

Ein Retter für Khloe

<u>SEALs of Protection: Legacy</u>

Ein Beschützer für Caite

Ein Beschützer für Brenae

Ein Beschützer für Sidney

Ein Beschützer für Piper

Ein Beschützer für Zoey

Ein Beschützer für Avery

Ein Beschützer für Kalee

Ein Beschützer für Jane

Die SEALs von Hawaii:

Die Suche nach Elodie

Die Suche nach Lexie

Die Suche nach Kenna

Die Suche nach Monica

Die Suche nach Carly

Die Suche nach Ashlyn

Die Suche nach Jodelle

Delta Team Zwei

Ein Held für Gillian

Ein Held für Kinley

Ein Held für Aspen

Ein Held für Jayme

Ein Held für Riley

Ein Held für Devyn

Ein Held für Ember

Ein Held für Sierra

Mountain Mercenaries:

Die Befreiung von Allye

Die Befreiung von Chloe

Die Befreiung von Morgan

Die Befreiung von Harlow

Die Befreiung von Everly

Die Befreiung von Zara

Die Befreiung von Raven

Ace Security Reihe:

Anspruch auf Grace

Anspruch auf Alexis

Anspruch auf Bailey

Anspruch auf Felicity

Anspruch auf Sarah

Die Delta Force Heroes:

Die Rettung von Rayne

Die Rettung von Emily

Die Rettung von Harley

Die Hochzeit von Emily

Die Rettung von Kassie

Die Rettung von Bryn

Die Rettung von Casey

Die Rettung von Wendy

Die Rettung von Sadie

Die Rettung von Mary

Die Rettung von Macie

Die Rettung von Annie

<u>Eine Sammlung von Kurzgeschichten</u>

Ein langer kurzer Augenblick

KAPITEL EINS

»Was möchtest du heute Abend essen?«

Tex schaute zu Melody hinüber und war heute, wie jeden Tag, erstaunt, dass sie seine Frau war. Er war sich bewusst, dass er nicht der Typ war, den sich viele Frauen als Partner wünschen würden. Vor allem weil er von seiner Arbeit besessen war. Er setzte seine Computerkenntnisse ein, um anderen zu helfen. Und mit *besessen* meinte er, dass er einen ganzen Keller voller Computer und Elektronik hatte, um die Peilsender zu bauen und zu perfektionieren, die er patentieren lassen wollte.

Und nicht nur das, viele hielten ihn wegen seines fehlenden Beins nur für einen halben Mann.

Aber er war auch der Typ Mann, der alles stehen

und liegen ließ, um seine Tochter bei einer Ballettaufführung zu sehen. Der ein Mädchen aus einem kriegsgebeutelten Land adoptierte und ihr ein Zuhause gab, wenn sie sonst nirgendwohin konnte. Und er war ein Mann, der quer durch das Land gereist war, um die Frau zu treffen, mit der er nur online gesprochen hatte ... und die dringend die Art von Hilfe brauchte, bei der er ein Experte war.

Tex hatte sich nie vorstellen können, so glücklich zu sein, wie er es heute war. Er mochte voreingenommen sein, aber seine Frau war umwerfend. Sie war um einiges älter als bei ihrer ersten Begegnung, aber ihre Attraktivität hatte nicht nachgelassen. Sie war in seinen Augen nur noch schöner geworden. Und das hatte nichts mit ihrem Aussehen zu tun. Es lag an ihrem großzügigen Herzen. Der Liebe, die sie für ihre Töchter Akilah und Hope empfand. Weil sie nie mit ihm schimpfte, wenn er sich in seinem Keller verbarrikadierte und tagelang verzweifelt versuchte, jemanden zu finden, der verschwunden war. Seine Lebensaufgabe war es geworden, die Vermissten zu finden – und dafür zu sorgen, dass diejenigen, die sie *entführt* hatten, angemessen behandelt wurden.

»John?«

Tex blinzelte. Er hatte sich in seinen eigenen

Gedanken verloren. »Entschuldige, Mel, was hast du mich gefragt?«

Sie schüttelte den Kopf und wiederholte ihre Frage, was er später essen wolle.

»Ich dachte, wir hätten uns für Tacos entschieden«, sagte er, als er den Gang einlegte und rückwärts aus der Parklücke vor dem Supermarkt fuhr, den sie gerade besucht hatten.

»Das haben wir. Aber ich habe es mir anders überlegt. Hope hat heute Abend Volleyballtraining, und Akilah kommt vielleicht übers Wochenende vom College nach Hause. Wir werden spät essen, und obwohl Tacos einfach sind, dachte ich, ich könnte vielleicht etwas im Schongarer machen, damit es warm ist, egal wann wir essen.«

»Wie wäre es mit Huhn und Reis?«, fragte Tex. »Das ist einfach zu machen und wir haben alle Zutaten.«

»Perfekt«, sagte Melody mit einem breiten Lächeln.

Tex wollte gerade den Parkplatz verlassen, als seine Frau eine Bombe explodieren ließ.

»Übrigens, bei Hopes Spiel morgen Abend möchte sie uns ihren Freund vorstellen.«

Tex trat auf die Bremse und drehte sich um, um Melody ungläubig anzustarren. »Was?«

»Das ist keine große Sache. Sie sind erst in der siebenten Klasse, also ist er nicht *wirklich* ihr Freund.

Sie hängen nur gern zusammen ab und ich glaube, sie haben ein paarmal Händchen gehalten, aber das war's auch schon. Sie ist begeistert von diesem Jungen, und er scheint nett zu sein.«

»Nein.«

Melody lachte. »Also, John …«

»Sie ist zu jung«, sagte er entschieden. Der Gedanke, dass sein Baby einen Freund haben könnte, brachte ihn zum Kotzen.

»Das ist sie«, stimmte Melody zu, »aber sie geht auch nicht mit ihm in dunkle Kinos und knutscht in der letzten Reihe. Wenn sie außerhalb der Schule etwas mit ihm unternimmt, sind sie in einer Gruppe. Oder er kommt, um ihr beim Spielen zuzusehen. John, sie ist jetzt in dem Alter, in dem Jungs interessant werden, und ich freue mich, dass sie will, dass wir ihn kennenlernen. Dass sie das nicht heimlich hinter unserem Rücken macht.«

Hinter ihnen ertönte eine Hupe und Tex schaute in den Rückspiegel. Ein wütender Mann schüttelte die Faust und bedeutete ihm, er solle gefälligst losfahren oder aus dem Weg gehen. Er holte tief Luft und richtete die Aufmerksamkeit wieder auf die Straße vor ihm. So beiläufig wie möglich fragte er: »Wie heißt er?«

»Nein. Wird nicht passieren«, sagte Melody.

»Was? Was wird nicht passieren?«, wollte er wissen und versuchte, unschuldig zu klingen.

»Du weißt, wovon ich spreche. Wenn ich dir den Namen dieses armen Jungen nenne, bevor du ihn kennenlernst, wirst du in der Sekunde, in der wir nach Hause kommen, in deinem Keller sein und nach ihm und seiner Familie suchen. Du wirst das Jahreseinkommen seiner Eltern kennen, wo sie arbeiten, wer ihre Chefs sind, alle Abmahnungen, die sie auf der Arbeit bekommen haben, Strafzettel und hundert andere Dinge, die verdammt lästig und völlig unnötig sind.«

»Wenn Hope noch mehr Zeit mit diesem Jungen verbringen will, muss ich alles über ihn wissen«, protestierte Tex.

»Nein. Du musst deiner Tochter vertrauen. Glaubst du wirklich, dass sie sich mit jemandem einlässt, der sie nicht richtig behandelt? Sie hat jeden Tag das beste Beispiel dafür, wie ein Mann mit einer Frau umgehen sollte, die er mag. *Dich*, John. Du hast es ihr mit gutem Beispiel vorgemacht, mit allem, was du für mich *und* sie tust. Du bist respektvoll, du erhebst nie deine Stimme. Wenn wir nicht einer Meinung sind, tun wir das höflich. Du bist hilfsbereit, freundlich und respektierst Grenzen.«

»Ich klinge wie ein Weichei«, beschwerte Tex sich.

Sie kicherte leise. »Du bist auch hart, aber fair. Du erwartest von Hope und Akilah, dass sie immer ihr Bestes geben. Du fluchst zu viel, arbeitest zu hart, und unsere beiden Töchter haben keinen Zweifel daran, dass du dich darum kümmern würdest, sollte es jemand wagen, sie anzufassen, damit derjenige diesen Fehler nie wieder begeht. Du hast sie zu klugen und starken Menschen erzogen. Vertraue deiner Tochter, John.«

Wenn sie es so ausdrückte, konnte er nichts *anderes* tun, als darauf zu vertrauen, dass Hope ihren potenziellen Freund gut ausgewählt hatte. »Meinetwegen.«

Mel lachte wieder. Sie griff nach seiner Hand und Tex gab sie ihr gern. »Ich liebe dich, John. Ich hätte nie gedacht, dass dies mein Leben sein würde, als ich mich vor all den Jahren in diesem Hotelzimmer in L. A. verkrochen hatte.«

Tex wollte nicht daran denken, dass Melody vor einem Psycho-Stalker geflohen war. Und wie es diesem Stalker fast gelungen wäre, ihr das Leben zu nehmen. Hätte sie sich ihm nicht geöffnet, ihn hereingelassen und ihm die Informationen gegeben, die er brauchte, um sie – oder ihren Coonhound Baby – zu finden, hätte heute alles ganz anders sein können.

»Ich liebe dich auch. Wenn wir nach Hause kommen …«

Tex kam nicht mehr dazu, seinen Satz zu beenden. Er war gerade in ihre Straße eingebogen, als aus dem Nichts ein Lieferwagen um die Kurve auf sie zukam. Er konnte gerade noch rechtzeitig bremsen, um einen Frontalzusammenstoß zu vermeiden.

Bevor er sich orientieren konnte, öffnete sich die Tür des Lieferwagens und drei von Kopf bis Fuß in Schwarz gekleidete Männer stürmten heraus.

»Scheiße, Mel, schließ die Tür ab!«

Aber es war zu spät. Kaum hatte er das letzte Wort ausgesprochen, wurde seine Tür aufgerissen und der Kampf begann.

Tex war durch den Sicherheitsgurt, der ihn immer noch an seinem Sitz festhielt, behindert, und selbst mit dem Adrenalin, das durch seine Adern floss, war er den offensichtlich trainierten Männern, die ihn überfallen hatten, nicht gewachsen.

»Lauf, Mel!«, konnte er noch sagen, bevor ihn eine Faust am Kiefer traf und zum Schweigen brachte.

Bevor er wusste, wie ihm geschah, wurde er aus seinem Fahrzeug gezerrt, aber er weigerte sich aufzugeben. Der Kampf war unheimlich still, und die Männer, die ihn angegriffen hatten, sagten kein Wort.

Erst als er Melody wimmern hörte, wurde Tex klar, dass sie den Männern, die sie angegriffen hatten, nicht entkommen war. »Bitte, was immer ihr wollt, ich werde es euch geben. Aber tut meiner Frau nichts.«

»Es wird ihr gut gehen, wenn du tust, was wir sagen«, sagte einer der Männer mit einer tiefen Stimme, die Tex noch nie in seinem Leben gehört hatte. Er hatte einen leichten Akzent, aber Tex konnte ihn nicht zuordnen.

»Tut ihr nichts«, wiederholte er. Eines seiner Augen war zugeschwollen, aber mit dem anderen konnte er noch gut sehen. Er sah, dass ein zweites Fahrzeug hinter seinem Wagen hielt, während er kämpfte, und während er in Richtung des Lieferwagens geschleift wurde, setzte sich ein anderer, ganz in Schwarz gekleideter Mann hinter das Steuer seines Fahrzeugs.

»Beeilung, wir müssen hier weg«, sagte der Fahrer des Lieferwagens ungeduldig, als Tex hineingestoßen wurde. Er war sich nicht sicher, ob er erleichtert sein sollte oder nicht, als Melody neben ihm hineingeschoben wurde. Für den Bruchteil einer Sekunde erhaschte er ihren Blick, bevor er sah, wie einer ihrer Entführer ihr einen dunklen Kopfkissenbezug über den Kopf streifte.

Dann wurde ihm selbst die Sicht genommen, als ihm, wie er annahm, ebenfalls etwas über den Kopf gestülpt wurde. Die Tür des Lieferwagens schlug zu und der Fahrer fuhr davon, als sei die Entführung zweier unschuldiger Menschen für ihn etwas Alltägliches.

Tex war schon oft in brenzligen Situationen gewesen, aber diese war hundertmal schlimmer, denn er war nicht mit einem Team von ausgebildeten Navy SEALs zusammen. Er war mit Melody zusammen. Der Frau, die er mehr liebte als das Leben selbst. Für die er hart gearbeitet hatte, um sie zu beschützen, seit sie sich kennengelernt hatten. Um das Böse davon abzuhalten, sie jemals wieder zu berühren. Er hatte keine Ahnung, wer die Männer waren, die sie entführt hatten, oder was sie wollten, aber es war nichts Gutes, daran hatte er keinen Zweifel.

Niemand sprach ein Wort, als sie aus dem Viertel fuhren, was Tex nicht gerade ein gutes Gefühl vermittelte. Das hier war geplant. Diese Typen waren Profis. Er versuchte, die Kurven des Lieferwagens zu verfolgen, aber ohne Augenlicht und dank der gefühlt häufigen engen Manöver und der Kurven wusste er bald nicht mehr, wohin sie fuhren.

Aber er wusste, dass sie erst etwa zehn Minuten unterwegs waren, als der Wagen langsamer wurde.

Tex war angespannt.

Die Tür öffnete sich, aber der Wagen hielt nicht ganz an. Er hörte Melody aufschreien und dann kreischen, als sie offensichtlich aus dem fahrenden Fahrzeug gestoßen wurde.

»Mel!«, schrie er, aber alles, was er dafür bekam, war ein Faustschlag in den Bauch. Und die drei Männer, die mit ihm und Melody hinten im Wagen gesessen hatten, fingen wieder an, Tex zu schlagen.

Sie hatten ihm die Handgelenke auf dem Rücken gefesselt, bevor sie ihn in das Fahrzeug drängten, und ohne den Gebrauch seiner Hände war er hilflos und konnte sich nicht wehren. Als sie ihren Angriff beendeten, war Tex kaum noch bei Bewusstsein.

»Warum?«, murmelte er mit blutenden Lippen. Seine Nase war definitiv gebrochen und er hatte das Gefühl, dass sein Wangenknochen mindestens angeknackst war, zusammen mit ein paar Rippen.

»Weil wir es können«, sagte jemand.

Das war das Letzte, woran Tex sich erinnerte, bevor er bewusstlos wurde.

KAPITEL ZWEI

Melody lag auf dem Boden und stöhnte. Sie hatte Schmerzen. Überall. Sie war so verwirrt gewesen, als die Männer auf ihren Wagen zugestürmt waren, nachdem sie aus dem Lieferwagen ausgestiegen waren, der sie fast angefahren hatte. Aber sobald John sie angeschrien hatte, sie solle weglaufen, hatte sie gehandelt. Sie hatte sich abgeschnallt und die Fahrzeugtür geöffnet, noch während die Männer auf John einschlugen. Er hatte keine Chance gehabt, sich zu wehren, und während sie auf den großen Garten eines Hauses in der Nähe ihres Hauses zu rannte, fragte sie sich, was zum Teufel da los war.

Leider kam sie nicht weit. Der Mann, der sie gejagt hatte, war viel schneller als sie in den niedlichen kleinen Absatzschuhen, die sie an diesem Morgen angezogen hatte. Sie bereute diese Entscheidung jetzt mehr denn je. Er erwischte sie im Garten ihres Nachbarn und sie ging hart zu Boden, mit dem Gewicht ihres Verfolgers auf ihr.

Sie öffnete den Mund, um zu schreien, aber der Mann kam ihr zuvor und schlug ihr seine fleischige Handfläche auf die Lippen, um ihre Laute zu unterdrücken. Melody kämpfte, als hinge ihr Leben davon ab, dass sie entkam, aber es war sinnlos. Verstärkung war eingetroffen, und ehe sie sichs versah, war ein zweiter Mann da, der dem ersten half, sie aufzuheben und zu den Fahrzeugen auf der Straße zurückzutragen.

Sie sah, dass ein zweites Fahrzeug so dicht an ihrem eigenen Wagen vorgefahren war, dass die Stoßstangen sich berührten. Von dort war offensichtlich der zweite Mann gekommen. Melody konnte nicht anders, ein lautes Wimmern entwich ihr. John hörte es und flehte die Männer an, ihr nicht wehzutun.

Als Nächstes wurde Melody neben John in den Wagen geschoben. Die Dinge waren so schnell passiert, dass sie immer noch damit beschäftigt war zu verarbeiten, was vor sich ging. Aber sobald ein Stück Stoff über ihr Gesicht gezogen wurde, war der Schreck groß und schnell.

Bevor sie erblindet war, hatte sie Johns Blick

bemerkt – und was sie dort gesehen hatte, waren Wut und das Versprechen, dass er sie beide aus dieser Sache herausholen würde. Was immer *diese Sache* auch war.

Einer der Männer im hinteren Teil des Wagens hatte ihren Oberarm fest im Griff und hielt sie so fest, dass sie sich nicht befreien konnte. Also beschloss sie zu warten. Abzuwarten, was als Nächstes geschah. Bei der ersten Gelegenheit, die sich ihr bot, wollte Melody fliehen. Sie wusste besser als die meisten anderen, was passierte, wenn man von der Zivilisation weggebracht wurde … nichts Gutes.

Sie fuhren eine kurze Zeit, bevor der Lieferwagen langsamer wurde. Sie machte sich bereit, etwas zu tun … sich den Stoff vom Kopf zu reißen, mit den Fingernägeln die Augen von jedem auszustechen, den sie erreichen konnte, sich auf den Fahrer zu stürzen, damit er einen Unfall baute … etwas. *Irgendetwas.* Sie hatten ihre Hände nicht auf dem Rücken gefesselt, aber einer der Schläger hielt ihren Bizeps immer noch fest umklammert.

Sie hörte, wie die Tür aufgeschoben wurde, aber der Wagen hielt nicht an. Sie spürte, wie sich die Hand um ihren Arm festigte. Dann fiel sie durch die Luft, nachdem ihr jemand einen kräftigen Schubs gegeben hatte.

Melanie hatte den Bruchteil einer Sekunde Zeit,

sich darüber zu wundern, dass der Mann sie aus einem fahrenden Fahrzeug geworfen hatte, bevor der Schmerz in ihrem Körper explodierte. Sie schlug hart auf dem Asphalt auf und überschlug sich immer wieder.

Trotz der immensen Schmerzen und Qualen war Melody sich bewusst, dass sie nicht hören konnte, dass John ebenfalls aus dem Wagen gestoßen wurde.

Sie hob eine Hand und riss sich rechtzeitig den Stoff vom Kopf, um das Heck des weißen Lieferwagens in der Ferne verschwinden zu sehen. Er war zu weit weg, um ein Kennzeichen zu erkennen – und wie sie vermutete, gab es auch kein Anzeichen dafür, dass John irgendwo in der Nähe lag, nachdem er aus dem Wagen geworfen worden war.

Sie saß einen Moment lang auf dem Boden und versuchte zu verstehen, was zum Teufel gerade passiert war. Nichts ergab einen Sinn. Die Männer hatten sie nicht einmal angefasst, nicht wirklich. Sie war nicht gefesselt worden, sie war nicht allzu sehr verletzt worden, als sie überwältigt wurde.

Natürlich war sie *jetzt* verletzt. Ihre linke Hüfte pochte an der Stelle, wo sie darauf gelandet war. Ihr Kopf auch. Sie spürte, wie ihr Blut in den Nacken tropfte. Ihr linker Arm schrie auf, und als Melody nach unten blickte, sah sie, dass er in einem ungünstigen Winkel gebogen und offensichtlich gebrochen war.

Sie war mit Schürfwunden übersät und ihre Schuhe waren längst verschwunden ... wahrscheinlich hatte sie sie bei dem Kampf im Garten ihres Nachbarn verloren. Wie um alles in der Welt konnten sie mitten am Tag entführt werden, ohne dass es jemand gesehen hatte? Aber vielleicht hatte es ja doch jemand gesehen und die Polizei gerufen. Die Beamten könnten jetzt schon nach ihnen suchen und in der ganzen Stadt Washington, Pennsylvania nach ihr und John Ausschau halten.

Als Melody sich umsah, merkte sie, dass sie keine Ahnung hatte, wo sie war. Sie lag halb auf und halb neben der Straße im hohen Gras. Hinter ihr befand sich ein Zaun und auf beiden Seiten der Straße waren große Felder, auf denen irgendeine Art von Getreide wuchs.

Stirnrunzelnd schaute sie den Weg zurück, den sie gekommen waren. Es gab keine Fahrzeuge. Keine Geräusche. Ihre Entführer hatten sie mitten im Nirgendwo aus dem Wagen gestoßen. Sie lebte schon lange in dieser Stadt, aber die Gegend, in der sie sich jetzt befand, kannte sie nicht. Tränen drohten zu flie-ßen, aber Melody zwang sie zurück. Sie durfte nicht weinen. Nicht jetzt. Nicht wenn die Männer, die sie entführt hatten, immer noch John hatten. Er war ein knallharter ehemaliger Navy SEAL, ja, aber sie bekam den Anblick seines bereits zerschrammten Gesichts nicht aus dem Kopf. Er blutete, und sie hatte Handschellen an seinen Handgelenken gesehen, bevor man ihr den Stoff über den Kopf gezogen hatte.

Da wurde Melody klar, dass sie sie wahrscheinlich entführt hatten, um John gefügig zu machen. Und es hatte funktioniert.

Sie musste Hilfe holen.

Sie versuchte aufzustehen, aber es war fast unmöglich. Ihr Hüftgelenk fühlte sich an, als sei es ausgekugelt, und ihr Arm schmerzte so sehr, dass ihr schwarz vor Augen wurde, als sie sich auf die Beine kämpfte. Sie stand schwankend auf der Straße und betete, dass sie nicht stürzte und sich noch mehr verletzte.

Entschlossenheit erfüllte sie. Sie war die einzige Verbindung zu John. Sie versuchte, sich an jedes Detail dessen zu erinnern, was gerade passiert war. Wie der Lieferwagen aussah, wie die Männer sich anhörten – obwohl sie nicht viel gesprochen hatten –, sogar an die Gerüche. Jede Information, die der Polizei nützlich sein könnte.

Melody begann, langsam die Straße hinunterzuhumpeln, und betete, dass sie ein Haus sehen würde, bevor die Schmerzen zu stark wurden und sie ohnmächtig wurde. Sie humpelte nur etwa fünf Schritte, bevor sie etwas auf der Straße sah, das definitiv fehl am Platz wirkte.

Es war ein Ziegelstein, der gelb gestrichen worden

war. Als sie näher kam, sah Melody, dass er mit einem Stück Papier umwickelt war, das mit einem Gummiband befestigt war. Er musste zusammen mit ihr aus dem Wagen geworfen worden sein. Warum sonst sollte er hier liegen?

Sie war nicht umsonst die Frau von John »Tex« Keegan, und Melody wusste, dass sie weder den Ziegelstein noch den Zettel mit bloßen Händen anfassen durfte. Sie betete, dass ihre Entführer Fingerabdrücke oder irgendeine Art von Berührungs-DNA entweder auf dem Papier oder dem Ziegelstein hinterlassen hatten.

Melody wollte unbedingt wissen, was zum Teufel auf dem Papier stand, ging aber weiter. Sie würde die Polizei hinschicken, um ihn zu holen. Jetzt, da sie aufrecht stand, hatte sie das Gefühl, dass sie nicht würde weitergehen können, wenn sie stehen blieb. Jeder Schritt war unerträglich schmerzhaft. Aber sie würde jede Unannehmlichkeit in Kauf nehmen, wenn das bedeutete, Hilfe für John zu bekommen.

Der Gedanke an das, was er durchmachen musste, ließ sie fast zerbrechen, aber Melody atmete tief durch und ging weiter, wobei sie ab und zu hinter sich blickte, weil sie Angst hatte, ihre Entführer könnten beschließen, dass es ein Fehler gewesen war, sie gehen zu lassen, und zurückkamen, um sie zu suchen.

Sie hatte keine Ahnung, wie lange sie schon gelaufen war, da die Zeit durch die Qualen, die ihren Körper durchströmten, keine Bedeutung hatte, als sie in der Ferne ein Fahrzeug auf sich zukommen sah.

Melody hielt an und ging in die Mitte der Straße. Das Fahrzeug würde sie entweder überfahren oder anhalten müssen. Und wenn es ihre Entführer waren, die zurückkehrten, würden sie sich sicher für Ersteres entscheiden. Aber sie war mit ihren Kräften am Ende. Sie konnte keinen Schritt mehr machen.

Zu ihrer großen Erleichterung wurde der Wagen langsamer, als er sich näherte. Am Steuer saß eine Frau, und Melody konnte zwei kleine Kinder in Autositzen auf dem Rücksitz erkennen.

Die Frau hielt an und starrte Melody schockiert an.

Melody bewegte sich nicht. Sie wollte nicht wie eine Bedrohung wirken, besonders nicht für eine Mutter mit Kindern. Der Anblick der Kinder ließ Melody an ihre eigenen denken. Sie war plötzlich so verdammt dankbar, dass Hope nicht bei ihnen gewesen war. Dass ihr diese Erfahrung erspart geblieben war.

»Bitte«, sagte sie und erhob ihre Stimme in der Hoffnung, dass sie durch die geschlossenen Fenster des Wagens und über den Motor gehört werden konnte. »Ich brauche Hilfe.« Melody streckte sogar ihren guten

Arm von der Seite vor, um zu zeigen, dass sie unbewaffnet war.

Die Frau fuhr das Fenster auf der Fahrerseite einige Zentimeter herunter. »Ich rufe die Polizei!«, rief sie.

Melody nickte, die Erleichterung machte sie schwindelig. Oder vielleicht war es der Schmerz, aus einem fahrenden Fahrzeug geschubst worden zu sein. Sie traute sich nicht, die Mitte der Straße zu verlassen, weil sie Angst hatte, die Frau würde einfach wegfahren und nicht tun, was sie versprochen hatte, nämlich die Polizei rufen.

Sie beobachtete, wie die Frau ein Telefon an ihr Ohr hielt und ihre Lippen sich bewegten. Melody hielt Augenkontakt mit ihrer Retterin, sie wollte nicht riskieren wegzusehen, aus Angst, sie sei eine Illusion. Ein Trugbild. Erfunden von Melodys schmerzerfülltem Verstand.

Schließlich öffnete die Frau vorsichtig die Tür und stellte sich mit dem Telefon am Ohr daneben. »Die Leitstelle will wissen, was los ist«, rief sie.

Melody wollte am liebsten zusammenbrechen. Sie wollte sich der Bewusstlosigkeit hingeben, die an den Rändern ihres Geistes schwebte. Aber sie zwang sich, aufrecht und bei Bewusstsein zu bleiben. John brauchte sie. »Mein Mann und ich wurden entführt. Sie haben mich aus dem Wagen gestoßen, aber ihn haben sie noch. Bitte, er braucht Hilfe!«

»Wie heißen Sie?« Die Stimme der Frau war jetzt sanfter. Sie ging sogar einen Schritt vom Wagen weg.

»Melody Keegan. Der Name meines Mannes ist John. Wir leben in Washington. Es war ein weißer Lieferwagen. Es waren drei Männer – nein ... so viele waren in dem Lieferwagen. Ich glaube, es waren insgesamt fünf oder sechs. Mist. Ich bin mir nicht hundertprozentig sicher, wie viele es waren.«

Die Frau ging näher an Melody heran. Sie sprach immer noch mit der Notrufzentrale und gab die Informationen weiter, die Melody ihr gegeben hatte, dann fügte sie hinzu: »Sie sieht schwer verletzt aus. Sie blutet und ihr Arm sieht nicht gut aus. Bitte beeilen Sie sich.«

»Danke«, flüsterte Melody und war mehr als dankbar, dass diese Frau sich die Mühe gemacht hatte zu helfen. Es kam ihr in den Sinn, dass sie ihr auf der Straße leicht hätte ausweichen können. Sie wäre nicht in der Lage gewesen, die Frau zum Anhalten zu zwingen.

»Wollen Sie sich setzen?«, fragte die Frau und deutete auf den Straßenrand.

Melody schüttelte den Kopf. Sie wollte in diesem Moment viele Dinge, aber das Sitzen gehörte nicht dazu. Sie wollte John. Zum ersten Mal überkam sie ein

Gefühl der Angst. Sie hatte keine Ahnung, wie sie ohne ihn leben sollte. Er war schon so lange ihr Fels in der Brandung. Es musste ihm gut gehen. Das *musste* es einfach.

Ihr Mann war der stärkste Mann, den sie kannte. Er würde wieder gesund werden. Bald würde das alles nur noch eine schlechte Erinnerung sein. Er würde wieder in seinem Keller sitzen, das Internet und das Dark Web nach Informationen durchforsten und denen helfen, die ihn am meisten brauchten.

Die Ironie, dass *John* derjenige war, der im Moment gefunden werden musste, entging ihr nicht. Er hatte keinen Peilsender, das wusste sie. Außerdem hatte sie keine Ahnung, wie man die Software auf seinen Computern bediente, selbst wenn er einen trüge. Sie konnte im Internet surfen, einkaufen, E-Mails schreiben, soziale Medien und Chatrooms nutzen, aber das war auch schon alles.

Da wurde Melody klar, dass sie, wenn die Polizei ihren Mann nicht in ein paar Stunden aufspüren konnte, Verstärkung anfordern musste. John hatte einen großen Kreis von Freunden und Bekannten. Menschen, denen er in der Vergangenheit geholfen hatte. Menschen, von denen sie hoffte, dass sie nicht zögern würden, ihm den Gefallen zu erwidern. Sie hatte keine Ahnung, wie sie die Leute erreichen konnte, die John kannte, aber sie wusste, mit wem sie anfangen musste.

Wolf. Matthew Steel. Einer seiner ältesten und engsten Freunde. Matthew und seine SEAL-Kameraden, alle im Ruhestand, würden wissen, was zu tun war.

Als Melody in der Ferne Sirenen hörte, hatte der Schmerz, der durch ihre Adern floss, fast alles andere verdrängt.

Noch eine Minute. Das ist alles, was du ertragen musst. Bleib noch eine Minute bei Bewusstsein. Gerade lange genug, um der Polizei von dem Ziegelstein zu erzählen. Um sie auf DNA und Fingerabdrücke aufmerksam zu machen. Dann kannst du deine Augen schließen und schlafen.

Nein, du darfst nicht schlafen. Du musst ihnen sagen, was passiert ist.

Also noch zwei Minuten. Das ist alles. Du schaffst das. Du musst wach bleiben, Hope wird sich Sorgen machen, wenn sie nach Hause kommt und du nicht da bist. Du musst dich zusammenreißen, Mel. Ruf Amy an und frag sie, ob sie auf Hope aufpasst, solltest du nicht rechtzeitig zu Hause sein. Oh! Die Lebensmittel! Sie verderben, wenn sie nicht weggeräumt werden. Das kann sie auch machen ...

Melody war sich bewusst, dass ihre Gedanken von einem Thema zum anderen wechselten. Aber nur so konnte sie sich von den Qualen ablenken, die mit jeder Sekunde schlimmer wurden. Als das Adrenalin aus ihrem Körper schwand, wurde der Schmerz fast überwältigend.

Sie musste die Polizisten dazu bringen, ihre beste Freundin zu kontaktieren. Amy Smith. Ames. Sie würde sich um Hope kümmern. Um die Lebensmittel. Um ihren Wagen. Sie würde Akilah anrufen und sie wissen lassen, was los war. Das alles.

Auf den Beinen zu bleiben, als der Krankenwagen und der Streifenwagen vorfuhren, war eine Qual. Sie wartete darauf, dass sie zu ihr kamen. Sobald sie in der Nähe waren, begann sie zu sprechen. Sie erzählte ihnen alles, was ihr im Kopf herumschwirrte. Denn sie hatte das Gefühl, dass die Schmerzen zu stark werden würden und sie nicht mehr bei Bewusstsein bleiben könnte, sobald die Sanitäter begannen, sich um sie zu kümmern. Und selbst wenn, würden die Schmerzmittel, von denen sie hoffte, dass man sie ihr geben würde, sie in einen Nebel tauchen.

Sie hatte nur eine Chance, ihnen so viele Informationen wie möglich zu geben, damit sie John finden konnten. Sie wollte ihn nicht im Stich lassen. Auf gar keinen Fall.

KAPITEL DREI

Als Tex wieder zu sich kam, wurden ihm einige Dinge gleichzeitig klar.

Erstens, er war nackt. Er war völlig entkleidet worden, sogar seine Unterwäsche hatte man ihm abgenommen.

Zweitens hatten die Mistkerle auch noch seine Prothese mitgenommen. Die einzige Möglichkeit, aus seinem Gefängnis zu entkommen, bestand darin zu hüpfen – und das machte ihn wütend.

Drittens, es war verdammt dunkel.

Und viertens war die Heavy-Metal-Musik so laut, dass er niemanden reden hören konnte, selbst wenn er direkt vor ihm gestanden hätte.

Tex streckte die Hände aus und versuchte zu verstehen, wo er war. Er kroch, so gut er konnte, und versuchte, eine Wand oder ein Fenster oder etwas anderes zu erreichen. Aber es gab kein Fenster. Keine Möbel. Nichts. Ihm wurde schnell klar, dass er sich in einer Art Kiste befand. Anhand seiner Größe und der Tatsache, dass sein Kopf und seine Füße die Enden der Kiste nicht berührten, wenn er auf dem Rücken lag, er aber die Wand über sich spüren konnte, wenn er die Arme über den Kopf streckte, schätzte er, dass der Raum, in dem er sich befand, etwa zwei Meter lang und einen Meter breit war. Er konnte nicht aufstehen, aber wenigstens war es kein verdammter Sarg. Er konnte sich hinknien und strecken. Er schätzte, dass der Raum etwa anderthalb Meter hoch war.

Das war alles. Alle Informationen, die er über seine derzeitige Situation hatte. Keine Ahnung, wer ihn entführt hatte, was diejenigen wollten oder wo Melody war. Gerade Letzteres machte Tex zu schaffen. Hatte sie sich verletzt, als sie sie aus dem Wagen gestoßen hatten?

Er schnaubte. Was für eine dumme Frage. *Natürlich* war sie verletzt worden. Sie war aus einem fahrenden Fahrzeug gestoßen worden, verdammt!

Tex war während seiner Zeit als SEAL gelegentlich

gefangen gehalten worden. Er hatte täglich mit Menschen zu tun, die entführt worden waren. Aber dies fühlte sich anders an ... und nicht, weil *er* in dieser verdammten Kiste saß. Unbehagen schwamm durch seine Adern. Er hatte keine Informationen. Keine Anhaltspunkte, um herauszufinden, wer ihn entführt hatte und warum. Niemand hatte viel gesagt, als sie ihn verprügelt hatten. Er hatte die Erfahrung gemacht, dass die menschliche Natur Entführer dazu veranlasste, sich zu äußern, ihren Unmut kundzutun, wenn sie jemanden entführt hatten, oder zumindest, nachdem sie ihn unter Kontrolle hatten. Die Tatsache, dass derjenige, der ihn entführt hatte, dies nicht getan hatte, war ... besorgniserregend.

»Hey!«, schrie er in der Hoffnung, jemandes Aufmerksamkeit zu erregen. Es war ein Risiko, denn wenn sie wussten, dass er wach war, konnten sie ihm noch mehr wehtun. Aber je mehr sie mit ihm interagierten, desto mehr Informationen würde er hoffentlich gegen sie verwenden können.

Er hörte sich selbst kaum über den Klang der Musik. Er versuchte es erneut.

»Ist da jemand?«, rief er.

Nichts. Er bekam keine Antwort. Niemand kam, um zu sehen, warum er schrie.

Er tastete mit den Händen in der Kiste herum und

fand etwas, das er für eine Art Tür hielt, aber auf seiner Seite war kein Knauf. Kein Schloss zum Knacken. Er saß wirklich fest.

Seufzend lehnte Tex sich gegen die Rückwand der Kiste und überlegte, wer wohl die Eier hätte, ihn und seine Frau mitten am Tag zu entführen. Noch dazu in ihrer eigenen Wohnstraße. Niemand kam ihm in den Sinn.

Ja, Tex hatte in seinem Beruf mit vielen Arschlöchern zu tun. Leute, die er verärgert haben musste, weil er ihren ruchlosen Plan vereitelt hatte. Er schnüffelte in persönlichen Finanzunterlagen und enthüllte Geheimnisse, die Bösewichte lieber nicht ans Tageslicht gebracht haben wollten. Aber er war kein Idiot. Er wusste, wie er seine Spuren verwischen konnte. Er hinterließ keine Spuren seiner Anwesenheit, wenn er Informationen online ausfindig machte. Außerdem gab es sowieso nicht viele Leute, die wussten, wonach sie suchen mussten.

Er hatte nie von jemandem Geld dafür verlangt, Leute zu finden. Es war einfach verdammt anständig, es zu tun. Aber er verlangte Geld für seine Peilsender – und damit hatte Tex im Laufe der Jahre ein Vermögen gemacht. Sie wurden im Laufe der Zeit immer beliebter und gehörten inzwischen zur Standardausrüstung der Spezialeinheiten, denen er diente. Die Regierung zahlte ein hübsches Sümmchen für die Exklusivrechte an der von ihm entwickelten Technologie.

Natürlich hätte er im Moment selbst einen seiner neuesten subkutanen Peilsender gebrauchen können. Aber obwohl er ständig Bösewichte auffliegen ließ und ihre Pläne vereitelte, indem er die Entführten fand, dachte er nicht, dass er selbst ein Ziel für eine Entführung sein könnte. Was unglaublich dumm von ihm war. Sein Leben heutzutage war stinklangweilig ... und er liebte jede Sekunde davon. Die Tage verbrachte er in seinem Keller, bastelte an den Peilsendern und suchte nach den Vermissten, und die Abende verbrachte er mit seiner Frau und seiner Tochter. Die letzten paar Jahre waren idyllisch gewesen. Zu sehen, wie Akilah heranwuchs und sich immer wohler in ihrer eigenen Haut fühlte. Zu sehen, wie Melody als Mutter aufblühte. Und natürlich, sich um sein Baby Hope zu kümmern.

Die härteste Zeit, an die er sich in letzter Zeit erinnern konnte, war der Tod ihres Coonhounds Baby gewesen. Sie hatte ein langes Leben gehabt und wurde schamlos verwöhnt. Er und Melody hatten darüber gesprochen, sich einen anderen Hund anzuschaffen, sich dann aber dagegen entschieden. Kein anderer Hund konnte Baby das Wasser reichen, und es wäre einem anderen Tier gegenüber nicht fair, ständig mit dem besten Hund verglichen zu werden, der je gelebt hatte.

Tex rieb sich den Kopf. Er tat verdammt weh. Die Mistkerle, die ihn entführt hatten, waren nicht zimperlich gewesen, als sie ihn verprügelten. Seine Nase war höchstwahrscheinlich definitiv gebrochen und jeder Zentimeter seines Gesichts war geschwollen und schmerzte. Seine Rippen waren im besten Fall geprellt, im schlimmsten Fall angeknackst oder gebrochen. Wahrscheinlich hatte er am ganzen Körper blaue Flecke ... aber er war am Leben. Und wie er den Leuten immer sagte, bedeutete die Tatsache, am Leben zu sein, eine Chance, zu entkommen und gerettet zu werden. Er musste nur geduldig sein. Seine Entführer würden es vermasseln, das taten sie immer.

Aber die nagende Sorge in seinem Hinterkopf war ... wer würde in der Lage sein, die Fehler, die sie machten, aufzuspüren? Normalerweise war *er* diese Person. Er konnte eine bestimmte Nadel in einem Haufen Nadeln finden. Er hatte nicht so viel Vertrauen in die Detectives der örtlichen Polizei. Oh, sie waren gut. Aber Tex war der Beste. Und er hatte das Gefühl, dass die Männer, die ihn entführt hatten, sehr gut dafür bezahlt wurden, keine Fehler zu machen. Und das verhieß nichts Gutes für ihn.

»Verdammte Scheiße«, sagte Tex, der seine eigenen

Worte nicht hören konnte, weil die Musik um ihn herum dröhnte.

Es gab Leute, die fast so gut waren wie er. Eine Person fiel ihm ein, die bessere Fähigkeiten hatte als er. Wenn sie alle zusammenarbeiteten, waren sie auf jeden Fall besser, als er es je sein würde. Aber würden sie kontaktiert werden? Wenn Melody zu schwer verletzt war, würde sie wahrscheinlich im Krankenhaus liegen und nicht in der Lage sein, jemanden aufzusuchen. Es könnte Tage dauern, bis seine engsten Freunde sein Fehlen bemerken würden. Tage, die er vielleicht nicht erübrigen konnte.

»Scheiße«, sagte er laut. Er hatte keine Ahnung, wie viel Zeit vergangen war, seit er von der Straße entführt worden war, aber es war nicht gut, dass er bereits depressiv und rührselig wurde. »Reiß dich zusammen, Tex«, sagte er sich. »Melody ist klug. Und verdammt stark. Sie hat das im Griff.«

Ihm schwirrten so viele Fragen im Kopf herum, aber Melodys Fähigkeit war keine von ihnen. Er vertraute seiner Frau bedingungslos.

Ein kleines Grinsen bildete sich auf seinen Lippen. Wie er Mel kannte, schlug sie gerade Alarm und sagte den Polizisten, wie sie ihre Arbeit machen sollten. Sie war schon lange Zeit Tex' Frau. Einiges von dem, was er tat, *musste* auf sie abgefärbt haben. Sie würde die

Ermittlungen in Gang bringen, daran hatte er keinen Zweifel. Seine Mel würde Himmel und Hölle in Bewegung setzen, um ihn zu finden. Wenn sie es nicht selbst tun konnte, würde sie die kontaktieren, die es konnten.

Der Gedanke an seine Frau war schmerzhaft und zugleich Balsam für seine verwundete Seele. Er betete, dass es ihr körperlich gut ging und sie sich nicht in den Händen derselben Leute befand, die ihn weggesperrt hatten. Er hatte gehört, wie sie aus dem Wagen gestoßen worden war, aber das bedeutete nicht, dass nicht jemand anderes sie abgeholt und an einen anderen Ort gebracht hatte.

Bei *diesem* Gedanken wollte Tex am liebsten kotzen. Er wusste nur zu gut, was normalerweise mit Frauen in Gefangenschaft geschah. Aber er bezweifelte, dass die Männer, die ihn entführt hatten, sie an eine andere Gruppe von Entführern weitergegeben hatten, indem sie sie aus einem Fahrzeug stießen. Nein, sie hätten sie irgendwo in ein Lagerhaus gebracht und eine viel weniger dramatische – und öffentliche – Übergabe vollzogen.

Die Männer, die sie auf dem Heimweg vom Supermarkt überfallen hatten, wollten nur ihn. Zu welchem Zweck, musste er noch herausfinden. Aber das würde er. Und sie würden dafür bezahlen. So oder so, sie würden verdammt noch mal bezahlen.

Melody hatte Schmerzen.

Überall.

Aber der Schmerz war zweitrangig gegenüber der Angst, die durch ihre Adern strömte. Die Polizei stellte ihr immer wieder die gleichen Fragen. Sie war sich nicht sicher, ob die Beamten ihre haarsträubende Geschichte über den Vorfall überhaupt glaubten.

Sie flehte sie an, zu ihren Nachbarn zu gehen und nach Überwachungskameras zu fragen. Sicherlich gab es irgendjemanden, der etwas von ihrer Entführung auf Band hatte.

Wurde das heutzutage überhaupt noch so genannt? *Auf Band?* Nein, es gab kein Band mehr. Auf Film? Es gab auch keinen Film.

Verdammt, ihre Gedanken schweiften ständig zu irgendwelchen Themen ab. Sie musste sich konzentrieren. Und sie brauchte ein Telefon. Sie hatte keine Ahnung, wo ihr eigenes Handy war. Wahrscheinlich noch in ihrem Wagen.

»Haben Sie unseren Wagen gefunden?«, fragte sie.

»Natürlich. Er war in Ihrer Einfahrt«, sagte der Detective, der neben ihrem Krankenhausbett saß.

Melody blinzelte. »Was?«

»Ihre Einfahrt. Dort haben wir Ihren Wagen gefunden.«

»Haben Sie Fingerabdrücke genommen?«

Der Detective starrte sie lange an, ohne ein Wort zu sagen.

»Ich *sagte* doch, wir wurden mitten auf der Straße aus dem Wagen gezerrt. Wenn unser Wagen in unserer Einfahrt stand, hat ihn jemand dorthin gefahren. Jemand, der nicht ich oder John war. Er könnte Fingerabdrücke hinterlassen haben. Mir ist klar, dass das sehr unwahrscheinlich ist, denn sie wirkten sehr organisiert und als hätten sie alles im Griff, aber vielleicht.«

»Wir lassen den Wagen abschleppen. Die Spurensicherung wird ihn durchkämmen.«

Melody nickte erleichtert.

»Wir tun unser Bestes, um nach Ihrem Mann und dem Lieferwagen Ausschau zu halten, aber ohne eine bessere Beschreibung als ›ein weißer Lieferwagen‹ bin ich nicht sicher, wie erfolgreich wir sein werden.«

Melody hasste es, das zu hören, aber es überraschte sie nicht. »Sie haben mir den Sack über den Kopf gezogen, bevor ich das Kennzeichen sehen konnte. Haben Sie ihn gefunden? Den Sack, meine ich?«

Der Detective nickte.

»Gut. Und der gelbe Ziegelstein? Den auch?«

»Ja.«

»Was stand auf dem Zettel?«

»Ich bin mir nicht sicher. Er wird auch von der Forensik untersucht werden. Gut, dass Sie ihn nicht angefasst haben. Was können Sie mir über Ihre Beziehung zu Ihrem Mann erzählen?«

Melody blinzelte. »Meine Beziehung?«

Sie hasste es, dass sie seine Fragen wiederholte, aber diese war so abwegig, dass sie nicht sicher war, ob sie verstand, warum er sie stellte. Aber andererseits hatte sie eine Gehirnerschütterung, da sie mit dem Kopf auf dem Asphalt aufgeschlagen war, als sie sich überschlug, nachdem sie aus einem verdammten fahrenden Fahrzeug gestoßen worden war, also konnte sie nicht zu hart zu sich sein.

»Ja. Verstehen Sie sich? Haben Sie Geldprobleme? Hat einer von Ihnen eine Affäre?«

Melody war so überrascht, dass sie den Detective nur verwirrt anstarren konnte. »Was hat *das* damit zu tun, dass wir entführt wurden? Sollten Sie mich nicht fragen, ob John irgendwelche Feinde hat? Ob ich jemanden kenne, der ihn vielleicht entführen will? Ihm wehtun?«

»Kennen Sie denn jemanden?«

Der misstrauische Ton in der Stimme des Mannes verriet Melody zum ersten Mal, dass er dachte, *sie* hätte etwas mit dem Vorfall zu tun.

Sie lehnte sich im Krankenhausbett nach vorn, zuckte zusammen, begegnete aber dem Blick des Detectives. »Ich werde das nur einmal sagen, und dann erwarte ich, dass Sie Ihren verdammten Job machen und meinen Mann finden, bevor die Männer, die ihn entführt haben, ihm etwas antun können – oder Schlimmeres. Ich. Hatte. Nichts. Hiermit. Zu. Tun. Absolut *nichts*. Ich will nur meinen Mann zurück.«

»Das will ich auch. Aber ich brauche Informationen, um ihn zu finden.«

Melody lehnte sich entnervt zurück. »Ich brauche mein Handy«, platzte sie heraus. Mit diesem Kerl würde sie nicht weiterkommen. Das war ihr jetzt klar. Also brauchte sie Hilfe.

»Es ist auf dem Revier. Sie bekommen es zurück, sobald wir einen Durchsuchungsbefehl bekommen und es durchsehen können.«

Das war der letzte Tropfen. Ihr Kopf schmerzte. Ihr Arm schmerzte, und sie freute sich nicht darauf, dass er eingegipst wurde – sie hatte darauf gewartet, dass der Arzt genau das tat, als der Detective sie zu sprechen wünschte. Ihre Hüfte schrie. Ganz zu schweigen von den Abschürfungen, die sie auf der gesamten linken Körperseite hatte und die sich anfühlten, als sei ihr langsam und schmerzhaft die Haut abgezogen worden ... denn genau das war passiert.

»John und ich lieben uns heute mehr als damals, als wir geheiratet haben, falls das überhaupt möglich ist. Nein, wir haben keine Geldprobleme, und keiner von uns hat eine Affäre. Ich brauche die Nummern in meinem Telefon, damit ich ein paar Anrufe tätigen kann.«

»Hat John eine Lebensversicherung?«

Das war's. Melody war jetzt definitiv fertig.

»Raus«, zischte sie. »Ich beende dieses Verhör. Ich gehe davon aus, dass ich nicht verhaftet bin, also bin ich fertig mit dem Gespräch mit Ihnen. Sobald Sie in die Gänge kommen, lassen Sie es mich wissen, und ich werde gern wieder mit Ihnen reden. Mich wie eine Verdächtige zu behandeln und nicht wie jemanden, der verdammt noch mal entführt und aus einem gottverdammten Fahrzeug gestoßen wurde, ist idiotisch, und es bringt Sie nicht weiter, meinen Mann zu finden.«

»Mel!«

Der Schrei von Melodys bester Freundin Amy an der Tür war das süßeste Geräusch, das Melody seit Stunden gehört hatte. »Ames!«

Der verzweifelte Gesichtsausdruck ihrer Freundin verriet Melody alles, was sie darüber wissen musste, wie sie aussah. Amy schob sich an dem Detective vorbei – der aufgestanden war, um sich zu entfernen – und beugte sich über das Krankenhausbett. Sie umarmte

Melody vorsichtig, und obwohl es wehtat, hatte sich noch nie etwas so gut angefühlt.

»Wenn Sie sich noch an etwas erinnern, rufen Sie mich bitte an«, sagte der Detective. »Ich lege meine Karte hier auf den Tisch.«

»Wie soll ich Sie bitte anrufen? Sie haben mein Handy, schon vergessen?«, gab Melody schnippisch zurück.

Der Detective nickte ihr und Amy nur zu und verließ dann den Raum.

»Moment, er geht? Was ist mit der Sicherheit? Leibwächter? Die Arschlöcher, die das getan haben, könnten zurückkommen und dich wieder entführen!«, rief Amy aus.

»Sie haben mich aus einem fahrenden Lieferwagen gestoßen, Ames. Ich glaube nicht, dass sie mich wollen.«

»Aber was, wenn sie es tun?«, konterte sie. »Was ist, wenn sie dich nur foltern oder so?«

Daran wollte Melody nicht einmal denken. »Hast du Hope gesehen?« Sie hatte das Krankenhauspersonal gebeten, Amy zu kontaktieren und sie zu bitten, nach ihrer Tochter zu sehen. Sie konnte es wirklich nicht gebrauchen, dass Hope ebenfalls entführt worden war.

»Das habe ich. Es geht ihr gut. Sie ist in der Schule beim Volleyballtraining. Ich habe ihr gesagt, dass du einen Unfall hattest, es dir aber gut geht. Dass du mir gesagt hast, ich solle ihr sagen, sie solle in der Schule bleiben. Ich habe auch kurz mit ihrer Trainerin gesprochen und ihr erklärt, was passiert ist. Sie sagte, sie würde Hope mit Adleraugen beobachten, um dafür zu sorgen, dass ihr nichts zustößt. Ich werde nach dem Training zur Schule fahren und sie hierherbringen, damit du ihr erklären kannst, was passiert ist. Dann kann sie mit dir nach Hause gehen.«

»Danke«, sagte Melody, die über alle Maßen erleichtert war, dass sie sich auf eine so tolle Freundin verlassen konnte. Sie wollte nicht einmal daran denken, dass Hope in den Händen derselben Leute war, die sie und John entführt hatten, und sie fühlte sich viel besser, dass jemand auf sie aufpasste.

»Also, was ist mit der Suche nach John?«

»Der Detective wollte wissen, ob einer von uns beiden eine Affäre hat und ob John eine Lebensversicherung hat ... und deutete an, dass ich etwas damit zu tun habe. Ich brauche mein Handy, Amy. Zumindest die Nummern darin. Ich muss einige von Johns Freunden anrufen. Er braucht sie.«

Amy sah unglaublich wütend aus. »Dieses verdammte Arschloch! Du und John habt die beste Beziehung, die ich kenne. Wo ist dein Handy?«

»Auf dem Polizeirevier.«

Amy zuckte zusammen. »Verdammt. Ich nehme nicht an, dass der Detective gehen wollte, um es zu holen und zu dir zu bringen.«

Melody schüttelte den Kopf und ignorierte den Schmerz, den es verursachte.

»Okay. Also ... du hast letztes Jahr ein neues Handy bekommen, richtig? Was hast du mit deinem alten gemacht?«

»Ich glaube, es liegt in der Schublade in unserer Küche. Ich habe John gesagt, dass wir alle Daten löschen und es verkaufen sollten, aber er meinte, dass das Löschen nie wirklich funktioniert und die Daten immer noch heruntergeladen werden können, wenn jemand weiß, wie man das macht.« Es machte ihr nicht wirklich etwas aus, über John zu sprechen. Es war schmerzhaft, aber auch ein Trost in diesem Moment. Er machte sich wahrscheinlich mehr Sorgen um *sie* als um sich selbst.

»Perfekt. Ich werde es holen. Der Akku ist wahrscheinlich leer, aber ich werde es auf dem Rückweg aufladen. Da sind wahrscheinlich noch deine Kontakte und so drauf, oder?«

Melody wurde hellhörig. »Ja. Du bist ein Genie!«

Zu ihrem Schock füllten sich Amys Augen mit Tränen. »Ich bin so froh, dass es dir gut geht. Ich hatte solche Angst, als du angerufen und mir erzählt hast, was passiert ist. Ich weiß, es ist scheiße, dass du verletzt wurdest, aber ich bin so froh, dass sie dich nicht mitgenommen haben.«

»Sie haben mich nur mitgenommen, um John gefügig zu machen«, flüsterte Melody. Zumindest dessen war sie sich sicher. »Er hat sich heftig gewehrt, aber als er sah, dass sie mich hatten, hat er aufgegeben. Er ging ohne weitere Schwierigkeiten mit ihnen mit.«

»Scheiße.«

»Ja.«

»Hast du eine Ahnung, wer ihn entführt hat?«

»Keine.«

»Gut. Du brauchst dein Handy. Ich bin gleich wieder da.«

»Danke, Amy.«

»Du brauchst mir nicht zu danken.«

»Jetzt klingst du wie John.«

Amys Lippen zuckten. »Das liegt daran, dass ich mit ihm fast genauso viel zu tun habe wie mit dir. Hashtag beste Freunde fürs Leben«, sagte sie und benutzte die dummen Worte, die sie benutzten, seit sie sich in der Schule kennengelernt hatten. Es war tatsächlich eines der Dinge, die Melodys Stalker vor all den Jahren verärgert hatten, aber beide Frauen hatten sich geweigert, auf den Ausdruck zu verzichten.

»Hashtag ich liebe dich«, flüsterte Melody, die auf einmal erschöpft war.

»Sag dem Arzt, dass er besser sanft mit dir umgeht, sonst muss er sich vor mir verantworten«, sagte Amy grimmig. Dann drückte sie kurz Melodys gute Hand und eilte aus dem Zimmer.

Melody schloss die Augen. Sie war nicht stark genug für so etwas. John hatte sie immer als eine der stärksten Frauen gepriesen, die er kannte, aber das war sie nicht. Nicht wirklich. Sie wollte nur die Augen schließen und schlafen, alles verdrängen, was geschehen war. Aber das konnte sie nicht tun. Weder sie noch John konnten sich auf die örtlichen Polizisten verlassen. Sie würden ihr Bestes tun, daran hatte sie keinen Zweifel, aber wenn sie glaubten, dass *sie* etwas mit seinem Verschwinden zu tun hatte, lagen sie so daneben, dass es nicht lustig war. Und es würde zu lange dauern, bis sie herausfanden, dass sie völlig unschuldig war, und sich wieder auf die Spur der wahren Entführer machten. Zeit, die John nicht hatte.

Er steckte in Schwierigkeiten. Melody war sich nicht sicher, woher sie das wusste. Vielleicht lag es daran, wie professionell ihre Entführer gewirkt hatten. Wie reibungslos die Entführung verlaufen war. Wenn John lebend gefunden werden sollte, brauchte er die Besten der Besten, die nach ihm suchten. Und obwohl sie nicht wusste, wer diese Leute waren, würde Wolf es wissen. Johns bester Freund hatte Insider-Informationen, die Melody nicht über die Leute hatte, mit denen John in der Vergangenheit gearbeitet hatte. Der ehemalige Navy SEAL würde wissen, wen er anrufen musste und wie er den Ball ins Rollen bringen konnte, um seinen Freund zu finden.

Sie verließ sich darauf.

KAPITEL VIER

Die Tür zu Tex' Gefängnis öffnete sich plötzlich und ließ einen Lichtstrahl herein, der so schmerzhaft war, dass er unwillkürlich die Augen schloss, um seine Sicht zu schützen. In diesem Sekundenbruchteil wurden seine Arme gepackt und er wurde auf seinen Fuß gezerrt. Die Musik wurde plötzlich unterbrochen, und die darauffolgende Stille war so herrlich, dass es Tex fast egal war, dass er nackt und verletzt war und unsanft aus dieser verdammten Kiste gezerrt wurde.

Tex blinzelte, um seine Augen an den plötzlichen Lichteinfall zu gewöhnen, und sah, dass er sich in einem Raum befand, der bis auf einen einzigen Holzstuhl völlig unmöbliert war ... was nichts Gutes für ihn bedeutete.

Und schon wurde er auf den Sitz geknallt und seine Hände wurden nach hinten gezerrt. Sie wurden gefesselt, zu fest, und erst dann wichen die beiden Männer zurück.

Sie machten den Fehler, sein verbliebenes Bein nicht auch an den Stuhl zu binden, aber es war zu früh in diesem Spiel, um seine Karten offen zu zeigen. Wenn sie dachten, er sei ohne seine Prothese völlig hilflos, könnte das ihr einer fataler Fehler sein. Im Moment brauchte er Informationen. Er musste wissen, wer ihn entführt hatte und warum.

»Wer seid ihr?« Er dachte sich, dass er genauso gut fragen konnte. Vielleicht hatte er Glück und sie sagten ihm, was er wissen musste, ohne lange zu graben.

Daraufhin trat der größere der beiden Männer vor und schlug Tex kräftig mit der Faust auf den Kiefer.

Scheiße. Okay, vielleicht würden sie ihm gar nichts sagen.

Die Männer schlugen ihm abwechselnd ins Gesicht, in den Magen, traten ihn ... und richteten mit ihren Fäusten so viel Schaden an, wie sie konnten. Tex tat sein Bestes, um seine lebenswichtigen Organe zu schützen, indem er seinen Körper anspannte, und um zu verhindern, dass ihm der Kiefer gebrochen wurde, aber er war sich nicht sicher, ob ihm Letzteres gelang.

Anstatt sich auf die Schmerzen zu konzentrieren,

die seine Entführer ihm zufügten, tat Tex sein Bestes, um sich alles über die beiden Männer einzuprägen, was er konnte. Sie waren groß und muskulös. Beide hatten dunkelbraunes Haar und braune Augen. Sie trugen schwarze Halstücher über Mund und Nase.

Der kleinere Mann, der etwa so groß war wie Tex, war muskulöser als sein Begleiter. Er schwitzte stark und roch nach gebratenem Essen. Er hatte Schmutz unter den Fingernägeln und Fettflecke an den Händen. Außerdem trug er einen Ehering.

Der Größere, etwa eins neunzig groß, trug ein kurzärmeliges Hemd, das Tex eine Tätowierung auf dem Unterarm erkennen ließ. Zu seiner Überraschung und seinem Unglauben war es der SEAL-Dreizack. Ein Adler, der einen Dreizack hielt, ein Symbol, das jeder Navy SEAL überall erkennen würde.

So viel zum Thema Brüderlichkeit, dachte Tex, als er auf dem Stuhl zusammensackte, weil der Schmerz es ihm unmöglich machte, den Kopf oben zu halten. Während der Schläge sprach keiner der beiden Männer. Sie gaben Tex keinen Hinweis auf ihre Nationalität oder aus welchem Teil des Landes sie stammen könnten. Er hatte keine Ahnung, ob er diese Männer kannte, ob sie sich schon einmal begegnet waren. Hatte Tex mit dem größeren Mann zusammengearbeitet?

Hatte er sein SEAL-Team überwacht, während sie auf einer Mission waren?

Als der kleinere Mann seine Hände losließ, fiel Tex buchstäblich auf den Boden. Alles tat weh. Blut tropfte von seiner Lippe und seiner Nase, und er hatte eine ganze Reihe neuer blauer Flecke, die diejenigen überdeckten, die sie ihm bei seiner Entführung zugefügt hatten.

Aus dem Augenwinkel sah er, wie jemand mit dem Fuß ausholte, und er fand die Kraft, sich abrupt zur Seite zu drehen, um nicht am Kopf von dem Stahlkappenstiefel getroffen zu werden.

Der große Mann, der versucht hatte, ihn zu treten, lachte. Es war ein unheimliches Geräusch. Eines ohne Gnade oder Reue.

»Zurück in deinen Käfig, Arschloch«, knurrte der Mann. »Fang an zu kriechen.«

Tex tat, was ihm befohlen wurde. Wenn die Männer ihn demütigen wollten, indem sie ihm die Kleider abnahmen und ihn auf dem Boden kriechen ließen, würden sie scheitern. Tex' einzige Aufgabe bestand darin, einen weiteren Tag zu überleben, um zu seiner Familie zurückzukehren. Alles andere war unwichtig. Er würde alles tun, was ihm gesagt wurde, sobald es ihm gesagt wurde, wenn es bedeutete, zu Mel zurückzukehren. Er hatte vollstes Vertrauen, dass seine Frau wissen würde, was zu tun war, um ihn zu finden. Sie würde niemals aufgeben. Niemals. Das war seine Frau. Unglaublich stark.

Als Tex es zurück in die Kiste schaffte, sah er, dass jemand eine Flasche Wasser in seine provisorische Zelle gestellt hatte, während er verprügelt worden war. Das war alles, was er sah, bevor die Tür hinter ihm zuschlug und die verdammte Musik wieder angestellt wurde.

In der Kiste schien es jetzt noch dunkler zu sein als vorher. Tex kroch zu der Stelle, an der er das Wasser gesehen hatte, und es dauerte viel länger, diese einfache Flasche zu öffnen, als er es für möglich gehalten hätte. Tex kam der Gedanke, dass das Wasser mit Drogen versetzt sein könnte, aber das war ihm im Moment egal. Er brauchte es. Wenn er wieder zu Melody, Hope und Akilah zurückkehren wollte, würde er alles tun, um zu überleben.

Sein Magen krampfte sich zusammen, als das Wasser auf ihn traf, da er mehr Substanz wollte, als die kostbare Flüssigkeit bieten konnte, aber Tex verdrängte jeden Gedanken an Hunger aus seinem Kopf. Dies würde höchstwahrscheinlich kein kurzer Aufenthalt in der Kiste werden. Die Männer, die ihn entführt hatten, waren gut. Zu gut.

Aber sie kannten einige der Leute nicht, mit denen

Tex arbeitete. Sobald sie Wind davon bekämen, was hier vor sich ging, würden sie ihn finden. Daran hatte er nicht den geringsten Zweifel. Und wenn sie es taten … würden sie die Hölle auf seine Entführer niederregnen lassen.

Melodys Arm juckte von dem trocknenden Gips, mit dem ihr Arm überzogen worden war. Aber das war ihr egal. Amy war mit ihrem alten Handy aus dem Haus zurückgekehrt, und zum Glück waren alle Kontakte noch vorhanden. Auch der von Matthew Steel. Wolf. Sie hatte ihn anrufen wollen, sobald sie seine Nummer hatte, aber der Arzt hatte beschlossen, sie zu entlassen. Es gab also Formulare zu unterschreiben und Kittel anzuziehen, da die Kleidung, die sie bei der Entführung getragen hatte, blutig und zerrissen war und der Detective sie als »Beweismittel« mitgenommen hatte.

Es war lächerlich, dass der Mann dachte, sie hätte etwas damit zu tun. Aber andererseits sah er tagein, tagaus das Schlimmste der Menschheit. Wie lautete die Statistik? Über vierzig Prozent der ermordeten verheirateten Frauen wurden von ihren Ehemännern getötet? Sie war sich nicht sicher, wie hoch die Zahl der Ehefrauen war, die ihre Ehemänner töteten, aber offensichtlich mussten die Detectives bei denen, die John nahestanden, nach Antworten suchen.

Aber er würde keine Leichen in Melodys Keller finden. Wer immer das getan hatte, war jemand Unbekanntes, der ein Problem mit ihrem Mann hatte.

Auf dem Weg zu Melodys Haus fuhr Amy wie ein geölter Blitz. Sie war nicht glücklich darüber, dass Melody dorthin zurückkehren wollte, aber sie konnte sich keinen Ort vorstellen, an dem sie lieber wäre als dort, wo sie von glücklichen Erinnerungen an John umgeben war. Überall, wo sie in ihrem Haus hinsah, wurde sie an ihn erinnert. An bessere Zeiten.

»Ich glaube, ich sollte hier bei dir bleiben«, sagte Amy, nachdem sie mit einer Schaufel, die sie sich aus dem Garten geschnappt hatte, durch das Haus gelaufen war. John hatte neulich einen neuen Baum gepflanzt und sie noch nicht wieder in die Garage gestellt. Melody hätte über den Anblick ihrer besten Freundin gelacht, die bedrohlich mit der Schaufel hantierte, während sie jede einzelne Tür im Haus öffnete, aber die Situation war nicht im Geringsten lustig.

»Jemand muss Hope abholen«, sagte Melody zu ihr.

»Ich kann das meinen Mann machen lassen. Er hatte heute eine wichtige Besprechung, aber die sollte jetzt vorbei sein. Vielleicht. Oder ich könnte ihr eine SMS schicken und sie nach Hause fahren lassen.«

»Bitte, Ames. Ich vertraue *dir* mit ihr. Sie wird Fragen haben. Sie ist nicht dumm. Du kannst sie gleich hierherbringen und ich erzähle ihr, was ich weiß ... und das ist nicht sehr viel. Du kannst über Nacht bleiben. Und dein Mann auch. Ich würde mich sogar besser fühlen, wenn ihr das tätet. Aber ich brauche einen Moment, um einen von Johns Freunden anzurufen. Ich brauche Hilfe. *Er* braucht Hilfe. Und zwar sofort.«

Amy seufzte. »In Ordnung. Aber ich werde das Alarmsystem aktiveren, wenn ich gehe.«

Melody nickte und war damit völlig einverstanden.

Amy kam zur Couch hinüber, wo sie Melody beim Hereinkommen hingesetzt hatte, und umarmte sie noch einmal. »Du hast mich erschreckt«, flüsterte sie, während sie sich festhielt. »Ich schwöre, mein Herz hat aufgehört zu schlagen, als du sagtest, dass du entführt wurdest.«

»Ich weiß«, antwortete Melody. »Es tut mir leid.«

»Es muss dir nicht leidtun!«, sagte Amy fast gewaltsam. »Es war nicht deine Schuld. Und wenn du jemand anderen angerufen hättest, wäre ich stinksauer gewesen. Okay, ich gehe jetzt, damit ich schnell zurückkommen kann. Bist du sicher, dass du allein zurechtkommst, bis ich wieder da bin?«

Melody nickte. Sie war tatsächlich ein wenig nervös wegen des Alleinseins, aber sobald Amy weg war, würde sie Matthew am anderen Ende der Leitung haben. Wenn etwas passierte, würde er es wissen. Das würde ihr zwar nicht viel helfen, aber sie wollte keine Sekunde länger als nötig warten, damit jemand, der fähiger war als sie oder der verdammte Detective, herausfand, wohin diese Männer John gebracht hatten und warum.

Melody atmete tief durch, als sie Amys Wagen aus der Einfahrt fahren hörte, und griff nach ihrem Handy. Es hatte keine SIM-Karte mehr, aber sie konnte die WLAN-Verbindung nutzen. Sie tippte Matthews Namen in ihrer Kontaktliste an und hielt den Atem an, während sie auf seine Antwort wartete.

Ihr Herz schlug viel zu schnell, und sie hatte keine Ahnung warum.

»Hallo?«

»Matthew?«

»Ja. Melody? Was gibt's?«

Er musste sich fragen, warum sie ihn anrief. Melody hatte Caroline im Laufe der Jahre viele Male angerufen, aber sie konnte sich nicht daran erinnern, ihren Mann auch nur einmal kontaktiert zu haben. »Ich brauche Hilfe. Nein, *John* braucht Hilfe. Er wurde entführt.«

»*Was?* Entführt?«

»Ja.« Es dauerte nicht lange, die Ereignisse des Tages zu erzählen.

»Scheiße. Geht es dir gut?«

»Das wird es. Mein Arm ist gebrochen und ich habe eine Gehirnerschütterung und höllische Abschürfungen. Aber mir geht es gut. Es ist John, um den ich mir Sorgen mache.«

»Richtig. Was sagt die Polizei?«

»Der Detective glaubt, ich hätte etwas damit zu tun.«

Bei dem angewiderten Schnauben, das Matthew ausstieß, fühlte Melody sich hundertmal besser. »Dann ist er ein Idiot.«

Erstaunlicherweise nahm Melody den Mann in Schutz. »Er kennt uns nicht. Soweit es ihn betrifft, könnte ich jemanden angeheuert haben, dies zu tun und mich gehen zu lassen.«

»Um dich aus einem fahrenden Wagen zu stoßen? Auf gar keinen Fall.«

»Jedenfalls weiß ich, dass John mit einigen Leuten gearbeitet hat, die gut mit Computern umgehen können. Die das tun, was er tut. Aber ich kenne ihre Namen nicht. Er hält diesen Teil seines Lebens völlig von mir getrennt, weil er mich vor den Schrecken schützen will, mit denen er, wie ich weiß, die ganze Zeit zu tun hat. Ich sage ihm immer wieder, dass ich mit allem umgehen kann, worüber er mit mir reden will, aber er ist stur und will mich nicht mit Details von seiner Arbeit belasten. Kennst du jemanden, der sich damit befassen könnte? Der vielleicht helfen kann? Ich weiß nicht ... vielleicht jemanden, mit dem John in der Vergangenheit zusammengearbeitet hat oder mit dem er kommuniziert hat oder was auch immer. Aber jemand, der sich vielleicht in seinen Computer hacken kann? Ich weiß nicht, ob das überhaupt möglich ist, weil wir hier von John sprechen, aber ich weiß auch nicht, wie wir das sonst herausfinden könnten.«

»Ich weiß, wen ich anrufen muss«, sagte Matthew mit einer so ruhigen und tröstlichen Stimme, dass Melody sich sofort entspannte ... und ihr die Tränen in die Augen stiegen. »Aber ich bezweifle, dass jemand in der Lage sein wird, sich aus der Ferne in seinen Computer zu hacken. Tex würde auf keinen Fall irgendeine Lücke in seinem System hinterlassen. Die Leute, die ich anrufen werde, müssen vielleicht persönlich anwesend sein. Ist das in Ordnung?«

»Natürlich. Ich freue mich über jeden, der helfen kann«, versicherte Melody Johns ältestem Freund.

»Gut. Und Caroline und ich werden noch heute Abend einen Nachtflug zu dir nehmen.«

»Ihr müsst nicht ...«

»Blödsinn. Wir kommen. Wie geht es Hope? Weiß Akilah Bescheid?«

Allein das Wissen, dass Hilfe unterwegs war, ließ

Melody fast die Fassung verlieren. Sie wischte sich die Tränen von den Wangen und schniefte diskret. »Amy holt Hope gerade vom Volleyballtraining ab. Ich werde Akilah anrufen, nachdem ich mit ihrer Schwester gesprochen habe.«

»In Ordnung. Und du bist nicht allein?«

»Nun, in dieser Sekunde bin ich es. Aber ich bin mir sicher, dass Amy bereits ihren Mann angerufen hat, obwohl ich ihr gesagt habe, dass es mir gut geht, und er ist wahrscheinlich schon auf dem Weg hierher. Und sie wird mit Hope zurück sein. Und Amy und ihr Mann bleiben beide über Nacht.«

»Ich finde es nicht gut, dass du jetzt allein bist, aber sag mir wenigstens, dass die Türen und Fenster abgeschlossen sind.«

»Natürlich sind sie das.«

»Gut. Was kannst du mir sonst noch über die heutigen Ereignisse erzählen?«

Die Tatsache, dass Matthew so sachlich war, machte es leichter, über das Geschehene zu sprechen. »Auf dem Boden lag ein gelber Ziegelstein mit einem umgebundenen Zettel, in der Nähe der Stelle, an der ich aus dem Wagen gestoßen wurde. Ich habe ihn nicht angefasst, weil ich nicht mit der DNA oder den Fingerabdrücken, die darauf sein könnten, in Berührung kommen wollte. Ich habe keine Ahnung, was darauf stand. Glaubst du, es könnte eine Lösegeldforderung sein? Wenn ja, warum hat die Polizei sich nicht bei mir gemeldet?«

»Ich weiß es nicht. Aber ich garantiere dir, dass wir noch vor morgen früh wissen werden, was darin stand. Sobald ich ein paar Anrufe getätigt habe, werden Tex' Freunde an der Sache dran sein. Wir sagen dir Bescheid, sobald wir etwas wissen, okay?«

Melody traten erneut Tränen in die Augen. Die bedingungslose Unterstützung, die Matthew ihr gab, fühlte sich nach den Verdächtigungen des Detectives fantastisch an.

»Kommst du klar, während ich Vorbereitungen treffe, damit wir zu dir kommen?«

»Ja.«

»Gut. Und, Melody?«

»Ja?«

»Tex ist der härteste Mistkerl, den ich kenne. Wenn jemand es schafft, das durchzustehen, dann er. Okay?«

»Ja. Aber was ist, wenn sie ihn umbringen wollen?«, flüsterte Melody und sprach zum ersten Mal laut ihre größte Angst aus.

»Wenn sie ihn hätten umbringen wollen, hätten sie es auf der Straße getan«, sagte Matthew so sanft wie er konnte. »Sie hätten ihm eine Kugel in den Kopf gejagt, genau dort auf dem Fahrersitz seines Wagens. Sie haben ihn aus einem bestimmten Grund entführt. Vielleicht wollen sie ein Zeichen setzen, vielleicht wollen sie Geld, vielleicht wollen sie sich rächen. Ich habe keine Ahnung. Aber seine Freunde werden es herausfinden, und wir werden dafür sorgen, dass jeder Einzelne, der damit zu tun hatte, bezahlt. Sie werden es bereuen, Tex *und* dir auch nur ein Haar gekrümmt zu haben.«

Als Matthew zu Ende gesprochen hatte, war sein Tonfall tödlich hart. Es war ein Ton, den Melody noch nie von ihm gehört hatte. Und anstatt sie zu erschrecken, wirkte er beruhigend. Und er hatte recht. Die Männer, die sie entführt hatten, mussten John aus einem bestimmten Grund wollen. Seine Freunde mussten nur herausfinden, warum und wer, und dann herausfinden, wohin er entführt worden war.

»Melody? Hörst du mich?«

»Ich höre dich.«

»Gut. Pass auf dich auf. Wir werden morgen früh da sein. Aber sei versichert, dass die Leute, die ich anrufe, sich sofort darum kümmern werden, sobald ich ihnen sage, dass Tex vermisst wird.«

»Okay.«

»Okay. Hab dich lieb, Süße.«

»Ich dich auch. Bis dann.«

»Bis dann«, wiederholte Matthew.

KAPITEL FÜNF

Nachdem er aufgelegt hatte, brauchte Wolf einige Augenblicke, um sich zu beruhigen. Tex war verschwunden. Er war *entführt* worden. Hätte er nicht gerade mit Melody gesprochen und den Schrecken in ihrer Stimme gehört, hätte er gedacht, dass ihn jemand verarschen wollte.

Tex wurde nicht entführt. Er war der Mann, der die Entführten fand.

Die einzige Frage, die Wolf sich stellte, war ... wer? Wer hasste Tex so sehr, dass er so weit gehen würde, um an ihn heranzukommen?

Er zog seinen Laptop näher heran und reservierte schnell zwei Nachtflugtickets von San Diego nach Pittsburgh. Sie kosteten ein Vermögen, aber Wolf zögerte nicht einmal, auf *Kaufen* zu klicken. Sein engster Freund war verschwunden. Er würde zahlen, was immer es kostete, um an Melodys Seite zu sein.

Der nächste Schritt war ein Anruf bei Elizabeth Turner. Es war interessant, wie sich der Kreis des Lebens schloss. Beth war vor einigen Jahren zusammen mit ihrer Freundin Summer oben in Big Bear von einem Serienmörder entführt worden. Sie war nach San Antonio, Texas gezogen, um mit den Folgen fertigzuwerden, und hatte dort einen Feuerwehrmann namens Cade kennengelernt. Er hatte ihr geholfen, ihre Agoraphobie zu überwinden, und dabei hatte sie Tex kennengelernt.

Es stellte sich heraus, dass Beth eine verdammt gute Hackerin war. Sie und Tex wurden schnell Freunde, und Wolf hatte erst kürzlich gehört, dass sie weiterhin von Zeit zu Zeit mit Tex zusammenarbeitete. Er hoffte, dass das immer noch der Fall war.

Als sie ranging, redete er nicht lange um den heißen Brei herum. »Beth? Hier ist Wolf ... Matthew Steel. Ich bin mit Caroline verheiratet.«

»Natürlich. Wie geht es dir?«, fragte Beth, wobei die Neugierde, warum er anrief, in ihrer Stimme deutlich zu hören war.

»Es tut mir leid, dass dies kein Freundschaftsanruf ist. Tex wurde entführt.« Wolf beschloss, dass es am besten war, die Nachricht so zu überbringen, als würde man ein Pflaster abreißen.

Auf seine Aussage folgte Totenstille.

»Beth? Hast du mich gehört?«

»Ich habe dich gehört, aber ich bin mir nicht sicher, ob ich es glaube«, sagte sie.

Wolf fuhr fort, alle Informationen weiterzugeben, die Melody ihm über den Vorfall mitgeteilt hatte. »Caroline und ich sind heute Nacht auf dem Weg nach Pennsylvania, um bei Melody zu sein und zu sehen, ob wir ihr helfen können. Aber was Tex wirklich braucht, ist jemanden wie *er*. Jemanden, der Informationen beschaffen kann. Und du warst die erste Person, an die ich gedacht habe.«

»Heilige Scheiße. Tex wurde entführt. Es fällt mir schwer, das zu begreifen. Aber ja, *natürlich* werde ich helfen. Aber ehrlich gesagt, eine Frau namens Ryleigh kennt sich besser mit dem Dark Web aus als ich. Sie lebt in New Mexico. Tex hat sie kürzlich kennengelernt und mir erzählt, dass sie sogar noch talentierter ist als er selbst, wenn es darum geht, sich einzuhacken und in vermeintlich sichere Bereiche einzudringen.«

»Richtig! Ich kenne sie! Ich habe sie vor nicht allzu langer Zeit selbst kennengelernt, als in dem Resort, in dem sie arbeitet, etwas schiefgelaufen ist. Caroline und ich waren auch da. Ich hatte vergessen, dass Tex etwas darüber sagte, dass sie ein Computergenie ist.«

»Soll ich sie kontaktieren?«, fragte Beth.

»Nein. Das werde ich tun. Du musst mit der Suche beginnen. Sieh zu, ob du jemanden findest, der einen Groll gegen Tex hegt. Der vielleicht etwas über ihn ins Internet gestellt hat. Wir brauchen alle Informationen über jeden, der dahinterstecken könnte.«

»Schon dabei«, sagte Beth. »Hättest du etwas dagegen, wenn Cade und ich auch nach Pennsylvania kämen?«

»Wäre das in Ordnung für dich? Ich meine ... nichts für ungut, aber ich weiß um deinen Zustand«, sagte Wolf so sanft wie möglich.

»Mir geht's gut. Ich meine, ich will nicht sagen, dass ich bei einem Spiel der Pittsburgh Steelers abhängen will oder so, aber solange Cade bei mir ist und ich meine Medikamente nehme, kann ich damit umgehen. Ich habe einen langen Weg hinter mir seit diesen schrecklichen Tagen, nachdem ich hierhergezogen war.«

»Nach allem, was ich gehört habe, hast du einen tollen Job gemacht. Ich werde dir die Adresse von Melody und Tex schicken. Und du bekommst meine Nummer, damit du in Kontakt bleiben kannst.«

Beth lachte. »Nicht nötig. Ich kann beides selbst finden.«

Wolf hatte für einen Moment vergessen, mit wem er es zu tun hatte. »Natürlich kannst du das. In Ordnung, ich rufe Ryleigh an. Wir sehen uns morgen in Pennsylvania. Und ... danke.«

»Du brauchst mir nicht zu danken. Wir reden hier über Tex.«

Die Verbindung wurde unterbrochen, und Wolf suchte im Internet schnell nach Kontaktinformationen über *Die Zuflucht*. Er und Caroline waren dorthin gefahren, um einer Hochzeit beizuwohnen, aber stattdessen hatten sie sich inmitten eines Racheplans gegen genau die Frau wiedergefunden, mit der er jetzt zu sprechen hoffte. Schnell wählte er die Nummer und wartete ungeduldig darauf, dass jemand abnahm.

»*Die Zuflucht*. Wie kann ich Ihnen helfen?«, sagte eine Frau, als sie ans Telefon ging.

»Mein Name ist Matthew Steel. Ich muss mit Ryleigh sprechen, bitte.«

Die Frau zögerte einen Moment, bevor sie mit übertriebener Höflichkeit antwortete: »Darf ich fragen, was der Grund Ihres Anrufs ist?«

Wolf nahm einen tiefen Atemzug. Er musste sich verdammt noch mal beruhigen und durfte sich nicht wie ein Verrückter anhören. »Meine Frau Caroline und ich waren vor nicht allzu langer Zeit dort, als Ryleigh einige ... Schwierigkeiten hatte.«

»Oh! Stimmt ja! Ich erinnere mich an euch. Hier ist Alaska. Wie geht es dir?«

»Nicht gut. Tex ist verschwunden. Ich muss mit Ryleigh sprechen, damit sie mir hilft, ihn zu finden.«

»Was zum Teufel? Tex ist verschwunden?«

Wolf nahm an, dass er diese Antwort von jedem bekommen würde, mit dem er sprach, weil es so unverständlich war, dass der Mann, der so viele Menschen in ihren Kreisen gefunden hatte, selbst entführt worden war. Er fasste die Situation für Alaska schnell zusammen, wobei es ihn innerlich juckte, mit Ryleigh zu sprechen. Aber er verstand und billigte es, dass Alaska die Pförtnerin für jeden war, der in der *Zuflucht* anrief, um mit einem Mitarbeiter zu sprechen. Jeder, der dort lebte und arbeitete, hatte seine eigenen Traumata durchgemacht, und man konnte nicht vorsichtig genug sein.

»Wenn du mir deine Nummer gibst, kann ich zu ihrer Hütte laufen und sehen, ob sie da ist.«

Wolf ratterte schnell seine Nummer herunter.

»Gib mir drei Minuten. Höchstens vier. Ich weiß, dass sie dich sofort zurückrufen will«, sagte Alaska.

»Ich weiß das zu schätzen.« Wolf beendete die Verbindung und ging in sein Schlafzimmer, um zu packen. Caroline war noch nicht zu Hause, aber sie sollte auf dem Weg sein. Sie besuchte *My Sister's Closet*, den Secondhandladen ihrer Freundin Julie in der Innenstadt von Riverton. Er wollte ihr diese erschütternde Nachricht nicht am Telefon mitteilen, während sie fuhr.

Er hatte noch nicht einmal die Hälfte seiner Sachen gepackt – und er beeilte sich –, als sein Telefon klingelte.

»Wolf«, sagte er zur Begrüßung.

»Sag mir, dass du mich verarschen willst«, sagte die Frau am anderen Ende.

»Ryleigh?«

»Ja. Was zum Teufel ist passiert?«

Zum gefühlt hundertsten Mal erklärte Wolf, was er von Melody erfahren hatte.

»Was ist mit Hope und Akilah? Geht es ihnen gut? Sind sie in Gefahr? Glaubst du, dass derjenige, der Tex und Melody entführt hat, hinter ihnen her sein wird?«

Wolf gefror das Blut. Der Gedanke, dass eines von Tex' Mädchen das gleiche Trauma durchmachen musste wie ihre Eltern, war unvorstellbar.

»Für Hope ist gesorgt. Bei Akilah bin ich mir nicht sicher.«

»Ich bin dran«, sagte Ryleigh, und Wolf hörte im Hintergrund Tasten klicken. Es war ein so vertrautes Geräusch, etwas, das er so oft gehört hatte, wenn er mit

Tex gesprochen hatte, dass er sich sofort ein wenig entspannte.

»Nun, wir müssen also herausfinden, wer und warum. Das ist der erste Schritt.«

»Genau. Ich habe bereits mit Beth gesprochen. Elizabeth Turner. Sie arbeitet auch daran«, sagte Wolf.

»Gut. Sie ist fantastisch. Aber nichts für ungut, ich bin besser. Gab es eine Lösegeldforderung oder irgendeine Mitteilung von demjenigen, der ihn entführt hat?«, fragte sie in schroffem Ton.

»Melody sagte, dass ein leuchtend gelb gestrichener Ziegelstein in ihrer Nähe auf der Straße lag, nachdem sie aus dem Lieferwagen geworfen worden war. Um ihn war ein Zettel gewickelt, aber sie hat ihn nicht angefasst, weil sie Angst hatte, DNA oder Fingerabdrücke zu kontaminieren.«

»Schlau. Okay, ich hacke mich in die Datenbanken der Polizei und sehe nach, ob schon jemand einen Bericht erstellt hat. Vielleicht arbeitet die Spurensicherung noch daran.«

Wolf hätte sich Sorgen darüber machen sollen, wie beiläufig Ryleigh davon sprach, sich in die Datenbank einer Regierungsbehörde zu hacken, aber im Moment war es ihm egal, wen sie hackte, solange er dadurch Informationen erhielt, mit denen er seinen Freund finden konnte.

»Ich nehme nicht an, dass er einen der Prototypen von Peilsendern trug, an denen er gearbeitet hat, oder?«, fragte Ryleigh.

»Nicht dass ich wüsste. Aber es ist möglich.«

Ryleigh grunzte. »Ich werde es herausfinden. Es wäre viel einfacher, ihn aufzuspüren, wenn es so wäre.«

Für Wolf war das die Untertreibung des Jahrhunderts.

»Fliegst du da raus? Nach Pennsylvania?«, fragte sie.

»Ja.«

»Ich denke, du solltest Baker anrufen.«

Wolf hatte von Baker gehört. Er war ein ehemaliger SEAL und lebte in Hawaii. Er hatte den Mann nie getroffen, er war älter als Wolf und seine Freunde, aber soweit er wusste, hatte er fast so viele Verbindungen wie Tex. Nur waren seine Verbindungen ein wenig ... dunkler. Was äußerst nützlich sein könnte.

»Gute Idee«, sagte er.

»Ich schicke dir jetzt seine Nummern«, sagte Ryleigh, während Wolfs Handy in seiner Hand vibrierte. Als er es vom Ohr wegzog, sah er eine SMS von einer unbekannten Nummer. Er nahm an, dass es die von Ryleigh war.

»Ich werde nicht nach Pennsylvania fliegen. Ich habe hier alles, was ich brauche. Meine Computer sind hier sicher, ebenso wie das WLAN. Ich bleibe in Kontakt.«

Dann legte sie auf. Wolf war nicht beleidigt. Er war sogar erleichtert, dass sie und Beth bereits an ihren Zielen arbeiteten, um alle möglichen Informationen zu sammeln.

Wolf packte weiter, während er auf die Telefonnummer tippte, die Ryleigh ihm geschickt hatte.

»Was?«, sagte eine tiefe, raue Stimme, als der Mann ranging. »Wer ist da?«

»Mein Name ist Matthew Steel, auch bekannt als Wolf. Kennst du Tex?« Er redete nicht um den heißen Brei herum.

»Ja, warum?«

»Er wurde entführt.«

»Echt jetzt?«, rief Baker aus. »Wo?«

»Auf seiner Straße in Pennsylvania.«

»Was wird dagegen unternommen?«

Der Mann stellte nicht einmal Fragen zu dem, was passiert war. Er war ganz bei der Sache.

Wolf erzählte von Beth und Ryleigh und dass er so schnell wie möglich quer durchs Land fliegen würde.

»Ich treffe dich dort. Wir brauchen alle Mann an Deck, um unseren Mann zurückzuholen«, sagte Baker. »Wie geht es seiner Frau?«

»Nicht gut«, gab Wolf zu. »Sie ist ziemlich angeschlagen, weil sie aus einem fahrenden Fahrzeug gestoßen wurde.«

»Scheiße. Meinst du, sie fände es seltsam, wenn meine Frau mitkäme? Sie kennt Jodelle nicht, aber meine Frau kann sehr gut mit Menschen umgehen, die ein Trauma durchgemacht haben, denn sie hat ihr eigenes erlebt.«

Wolf zögerte nicht. »Nein. Wenn das etwas ist, was sie vielleicht tun möchte.«

»Oh, Jodelle wird mitkommen wollen, da bin ich mir sicher. Ich werde zwar länger brauchen als du, weil ich aus Hawaii komme, aber ich werde kommen, sobald es möglich ist.«

Wolf nickte. Er hatte gar nicht darüber hinaus gedacht, so schnell wie möglich nach Pennsylvania an Melodys Seite zu gelangen. Aber Baker hatte recht. Hoffentlich konnten Ryleigh und Beth in der Zwischenzeit herausfinden, wo Tex festgehalten wurde. Wenn sie das taten, würde er Unterstützung brauchen, wenn er seinen alten Freund zurückholen wollte.

»Ich weiß das zu schätzen.«

»Hast du Rex angerufen?«

»Rex?«, fragte Wolf. Es schien, als hätte jeder, mit dem er sprach, einen weiteren Kontakt für ihn. Ehrlich gesagt wurde es langsam alt, aber er würde mit so vielen Leuten wie nötig reden, wenn es darum ging, das

beste Team zusammenzustellen, um Tex zurückzubekommen.

»Ja. Er lebt in Colorado. Leitet die Mountain Merce-
naries. Er hat Kontakte in der Sexhandelsbranche.
Nicht dass ich glaube, dass Tex deswegen entführt
wurde, aber diese Ganoven kennen immer Leute, die
Leute kennen. Vielleicht kann Rex herausfinden, ob es
Gerüchte über ein Komplott gegen Tex gibt.«

Wolf nickte, als er ins Bad ging, um seine Toiletten-
artikel zu holen. »Ich habe etwa fünf Minuten, bevor
meine Frau nach Hause kommt und ich ihr die
schlechte Nachricht überbringen muss. Hast du seine
Nummer?«

»Ich schicke sie dir per SMS. Vorausgesetzt die
Nummer, von der aus du anrufst, ist eine gute Nummer,
um die SMS zu senden.«

»Das ist sie.«

»Gut. Ich habe meine eigene Liste mit Kontakten.
Ich werde sie kontaktieren, um herauszufinden, was sie
wissen. Es sind Männer und Frauen, die am Rande der
Gesellschaft leben. Ich werde jeden Gefallen einfor-
dern, den ich guthabe. Wenn ich in Pennsylvania
eintreffe, habe ich hoffentlich eine Spur.«

Wolf schätzte die Chancen, Tex zu finden, mit
jedem Telefonat besser ein. »Hoffentlich«, wiederholte
er.

»Wir sehen uns an der Ostküste«, sagte Baker und beendete dann das Gespräch.

Die versprochene SMS kam eine Minute später, und Wolf klickte wieder auf die Nummer, die er erhalten hatte. Er hatte nur noch ein paar Minuten Zeit, um mit diesem Rex zu sprechen, bevor Caroline zur Tür hereinkam.

»*The Pit.*«

Wolf blinzelte. Er hatte keine Ahnung, was *The Pit* war oder ob der Mann, der sich meldete, derjenige war, mit dem er sprechen musste. »Ist Rex da?«

»Wer ist da?«

Wolf holte tief Luft und stellte sich vor. »Mein Name ist Wolf. Ich bin ein ehemaliger SEAL und ein Freund von Baker. Er sagte, dass du mir vielleicht helfen kannst.«

»Womit?«

Wolf hatte immer noch keine Ahnung, ob er mit Rex sprach oder nicht, aber er hatte keine Zeit für diesen Mist. »Mein Freund Tex wurde entführt. Wir wissen nicht, von wem oder warum oder was derjenige will. Aber Baker sagte, dass Rex seine Verbindungen nutzen könnte, um irgendetwas über diese beschissene Situation herauszufinden, denn im Moment haben wir nichts. Alles, was wir haben, ist seine Frau, die aus einem fahrenden Fahrzeug gestoßen wurde, zwei

Kinder, die wahrscheinlich zu Tode verängstigt sind und sich fragen, wo ihr Vater ist, und meinen besten Freund, der verdammt noch mal verschwunden ist. Würdest du mir jetzt bitte Rex ans Telefon holen, damit ich das Gespräch beenden und mir überlegen kann, wie ich meiner Frau sagen soll, dass eine *ihrer* besten Freundinnen überfallen wurde und dass der Mann, der ihr geholfen hat, als *sie* entführt wurde, verschwunden ist?«

»Hier ist Rex. Ich bin dran. Tex ist der einzige Mann, über den ich nie – und ich meine *nie* – etwas Schlechtes gehört habe. Und glaub mir, wenn ich sage, dass ich das Schlimmste gesehen habe, was die Menschheit zu bieten hat. Baker ist auch ein guter Mann. Ist er dabei?«

»Ja. Er trifft sich mit mir in Pennsylvania, und wenn wir Tex finden, kann er mit mir kommen, um ihn zurückzuholen.«

»Gut. Und ihr werdet ihn finden. Es gibt keine andere Möglichkeit. Ich werde meine Fühler ausstrecken. Mal sehen, was die Leute wissen. Brauchst du sonst noch etwas? Mehr Leute vor Ort?«

Wolf seufzte erleichtert. Er würde jede Hilfe annehmen, die er bekommen konnte. »Informationen. Das ist es, was ich brauche«, sagte er zu diesem mysteriösen Rex.

»Ich werde sehen, was ich tun kann. Ist das eine

gute Nummer, um dich zu kontaktieren, falls ich etwas herausfinde?«

»Ja.«

»Dann melde ich mich bei dir.«

Das Telefon verstummte an Wolfs Ohr, als er hörte, wie Caroline in die Einfahrt bog. Er warf seine Kulturtasche in den Seesack, schloss den Reißverschluss, warf ihn sich über die Schulter und verließ das Zimmer, um seine Frau zu treffen. Dies würde kein einfaches Gespräch werden, und es graute ihm bereits davor.

KAPITEL SECHS

»Hallo, Schatz«, sagte Caroline, als sie das Haus betrat.

»Wir müssen reden«, erwiderte Wolf, der die Sache nicht in die Länge ziehen wollte.

Sie verzog das Gesicht und legte ihre Handtasche auf den Küchentisch. Sie ließ den Blick zu seinem Seesack wandern, bevor sie ihn zu seinem Gesicht zurückschweifen ließ. »Gehst du irgendwo hin?«

Wolf stellte seine Tasche ab und griff nach Carolines Hand. Er umklammerte sie fest und brachte sie zur Couch, wo er sie neben sich zog.

»Du machst mir Angst. Was ist los?«, fragte sie.

»Tex ist verschwunden«, sagte Wolf so behutsam wie er konnte.

Caroline blinzelte. Dann lächelte sie und rollte mit den Augen. »Der war gut. Obwohl das als Scherz äußerst geschmacklos war. Was willst du zum Abendessen?«

»Ich meine es ernst, Ice. Tex ist verschwunden. Melody hat mich vorhin angerufen. Sie wurden in ihrem Wagen in ihrer Straße überfallen und in einen Lieferwagen gestoßen. Beiden wurde ein Sack über den Kopf gezogen, als sie weggefahren wurden. Dann wurde Melody während der Fahrt aus dem Fahrzeug gestoßen und die Entführer sind mit Tex verschwunden.«

Seine Frau starrte ihn einen Moment lang an, bevor sie die Lippen zusammenpresste. Tränen stiegen ihr in die Augen, aber sie blinzelte sie zurück. »Ist Melody okay?«

»Gebrochener Arm, Gehirnerschütterung, Abschürfungen. Aber sie ist am Leben«, sagte Wolf kurz und bündig.

»Und die Mädchen?«

»Akilah ist am College und wird abgeholt, um nach Hause gebracht zu werden. Und Hope ist bei Amy und ihrem Mann.«

»Tex?«, flüsterte Caroline.

Wolf schüttelte den Kopf. »Wir wissen es nicht. Wir haben keine Informationen.«

Sie setzte sich aufrechter hin. »Keine? Wer hat ihn entführt? Und warum? Wollen die Entführer Geld?«

»Das wissen wir noch nicht. Aber ich habe Leute an der Sache dran, Schatz.«

»Wer? Welche Leute? Tex kann nicht verschwunden sein! Er ist derjenige, der alle *anderen* findet, die verschwinden!« Ihre Stimme war lauter geworden, und sie klang fast hysterisch, als sie fortfuhr. »Trug er einen Peilsender? Er besteht darauf, dass alle anderen einen tragen, aber ich wette, er hat keinen getragen, oder? Es wäre eine große Hilfe, wenn er das, was er predigt, auch selbst in die Tat umsetzen würde! Hält er sich für unbesiegbar?«

Wolf nahm Carolines Gesicht in seine Hände und beugte sich näher zu ihr. »Ich bin an der Sache dran«, sagte er entschlossen zu ihr.

Er sah zu, wie die stärkste Frau, die er je getroffen hatte, seine Frau, die Liebe seines Lebens, sich zusammenriss. Sie schloss die Augen, holte tief Luft und hielt seine Handgelenke fest. Als sie ihre Augen wieder öffnete, konnte er sehen, dass sie ihre Gefühle wieder unter Kontrolle hatte. »Natürlich bist du das«, sagte sie. »Wann geht dein Flugzeug?«

Das war es, was er an Caroline liebte. Sie war besonnen. Gut in stressigen Situationen. Gott wusste, dass sie sich in der stressigsten Situation kennengelernt hatten, die er sich vorstellen konnte. Ein Flugzeug voller unter Drogen gesetzter Passagiere, das von Terroristen übernommen worden war. Dann war die Hütte, in der sie versteckt gewesen war, in die Luft geflogen, und Caroline hatte ihn aus dem Feuer gerettet – und *dann* war sie entführt worden, während er bewusstlos am Boden gelegen hatte. Und natürlich die ganze Sache, in der Mitte des Ozeans ins Wasser geworfen zu werden, während Gewichte um ihre Knöchel gebunden waren.

Ja, seine Ice war ein Fels. Und Melody brauchte sie. Verdammt, *Wolf* brauchte sie.

»In ein paar Stunden.«

»Ich komme mit«, informierte sie ihn.

»Natürlich tust du das«, sagte Wolf ruhig.

Ihre Augen füllten sich erneut mit Tränen. »Er ist wirklich verschwunden?«

»Ja.«

»Scheiße, Matthew.«

»Ich weiß.«

»Er ist derjenige, den wir alle anrufen, wenn Menschen, die wir kennen, Hilfe brauchen. Wen rufen wir an, wenn der Jäger zum Gejagten wird?«

»Alle«, sagte Wolf mit Überzeugung.

»Und du hast alle angerufen?«

»Noch nicht. Aber es sieht so aus. Ich habe die Leute angerufen, die auf kurze Sicht am meisten helfen können. Beth aus Texas, Ryleigh aus der *Zuflucht*, Baker aus Hawaii, Rex aus Colorado ... wir sind alle dabei, Schatz.«

Sie schniefte, dann nickte sie. »Ich muss packen.« Caroline lehnte sich vor und legte ihre Stirn an Wolfs. Sie saßen eine Weile so, bevor sie abrupt aufstand. »Melody muss durchdrehen. Ich kann nicht glauben, dass sie sie aus einem fahrenden Fahrzeug geworfen haben! Was für *Arschlöcher*! Kommen die anderen auch? Dude, Benny, die Mädchen?«

»Nein, nur wir. Das Letzte, was Melody braucht, ist ein Haus voller Leute, um die sie sich kümmern muss«, sagte Wolf.

»Du hast recht. Aber was ist, wenn Tex Hilfe braucht? Ich weiß, du bist knallhart und so, aber ich würde mich besser fühlen, wenn du etwas Unterstützung hättest.«

Gott, er liebte diese Frau. »Der Typ, den ich vorhin erwähnt habe ... Baker? Er kommt auch mit.«

Caroline hob eine Augenbraue. »Ein Typ? Das ist alles?«

»Ob du es glaubst oder nicht, ich hoffe, dass keiner von uns gebraucht wird. Aber sollte sich herausstellen, dass wir Hilfe brauchen, werde ich nicht zögern, die Jungs anzurufen. Tex wird entweder selbst fliehen oder jemand wird die Informationen finden, die wir brauchen, um die Polizei dazu zu bringen, die Verantwortlichen zu verhaften.«

»Oder er könnte …«

Wolf legte eine Hand auf Carolines Mund und ließ sie ihren Satz nicht beenden. »Das ist er nicht. Hier geht es um Tex. Er hat wahrscheinlich Schmerzen, aber es geht ihm *gut*.«

Wolf hoffte, dass die Worte wahr werden würden, wenn er sie laut aussprach.

Caroline zog Wolfs Hand von ihrem Mund weg. »Die Statistik sagt, wenn jemand nicht innerhalb von achtundvierzig Stunden gefunden wird, meistens sogar noch weniger, ist es wahrscheinlich, dass er … du weißt schon.«

»Frauen. Ich glaube, diese Statistik bezieht sich hauptsächlich auf Frauen und Kinder. Diejenigen, die aus sexuellen Gründen entführt werden. Das hier ist anders.« Wolf redete sich um Kopf und Kragen. Er hatte keine Informationen darüber, warum Tex entführt worden war. Aber er war sich ziemlich sicher, dass es nicht wegen Sex war. Er war kein junger Hüpfer mehr. Keiner von ihnen war es. Er konnte sich persönlich nicht vorstellen, dass jemand so weit ging, um einen harten Kerl wie John Keegan zu entführen. Aber ein Mann mit den Verbindungen, die er hatte? Mit den intellektuellen Fähigkeiten, die er besaß? Es gab einen

Grund, warum er entführt worden war, und Wolf war sich ziemlich sicher, dass es nicht nur darum ging, ihn sofort zu töten.

Caroline starrte ihn einen langen Moment an und nickte schließlich. »Ich werde jetzt packen.«

»Okay, Ice. Wir fahren zum Flughafen, sobald du fertig bist.«

»Kann ich die Mädchen anrufen? Oder vielleicht nur Fiona? Sie wird das am schwersten verkraften. Du weißt, was Tex für sie getan hat, als sie diesen Flashback hatte, nachdem sie selbst entführt worden war.«

Wolf konnte seiner Frau nichts ausschlagen. »Nur Fiona.«

»Ich liebe dich, Matthew.«

»Ich liebe dich auch.«

»Würdest du jetzt bitte darüber nachdenken, einen Peilsender zu tragen?«

Wolf konnte sich ein Lächeln nicht verkneifen. Natürlich nutzte seine Frau das zu ihrem Vorteil. Er hatte immer betont, dass er kein Versuchskaninchen für Tex' neuesten Peilsender sein wollte. Subkutan, winzig, von normalen Scannern nicht zu erkennen.

»Geh packen«, drängte er in dem Wissen, wie seine Antwort lauten würde. Wenn Tex gefunden wurde, würde er gern als Versuchskaninchen für die neueste

Innovation seines Freundes in Sachen Peilsender herhalten.

Als Caroline außer Hörweite war, holte er erneut sein Handy aus der Tasche. Er musste Cookie vorwarnen, dass seine Frau eine sehr schlechte Nachricht erhalten und ihn an ihrer Seite brauchen würde, sobald sie das Gespräch mit Caroline beendet hatte.

Tex schluckte das Stöhnen hinunter, das ihm zu entweichen drohte. Sein Kopf hämmerte. Die verdammte Musik hatte keine Sekunde lang aufgehört, nachdem er wieder in die Kiste gesteckt worden war. Er hatte keine Ahnung, wie viel Zeit vergangen war. Er glaubte jedoch nicht, dass es allzu lange gewesen war. War es Nacht? Er fragte sich, was Melody gerade tat. Ob sie Hope erzählt hatte, dass er entführt worden war. Er betete, dass es auch Akilah gut ging. Er machte sich Sorgen, weil sie weg von zu Hause war.

Er richtete sich auf und belastete seinen Fuß. Er war zusammengekauert, da er nicht aufrecht stehen konnte, und der Schweiß rann ihm von den Schläfen, während er gegen die Schmerzen in seinem Körper ankämpfte. Er musste beweglich bleiben. Er musste auf alles gefasst sein, was seine Entführer geplant hatten. Er konnte nicht einfach mürrisch und deprimiert herumsitzen. Nein, er musste seinen Körper in Topform halten. Seit er hier war, hatte er nichts mehr gegessen, aber er konnte auch ohne Nahrung leben. Wasser war eine andere Geschichte.

Er hatte bereits in eine Ecke der Kiste pinkeln müssen, was Tex nicht im Geringsten glücklich gemacht hatte. Er fragte sich, ob seine Entführer an diesen Teil seiner Gefangenschaft gedacht hatten oder ob es ihnen einfach egal war, dass er in seinen eigenen Hinterlassenschaften leben musste. Wahrscheinlich Letzteres.

Tex zermarterte sich das Hirn, um herauszufinden, wer hinter seiner Entführung stecken könnte. Er hatte mit einigen schrecklichen Leuten zu tun, aber in letzter Zeit schien niemand schrecklicher zu sein als andere. Sie waren alle Abschaum. Entführer, Sexhändler, Drogendealer ... jeder, der es für richtig hielt, andere Menschen zu seinem Vorteil zu benutzen.

Das brachte ihn zum Nachdenken darüber, was seine eigenen Entführer wollten. Wenn sie seinen Tod gewollt hätten, hätten sie ihn bereits getötet. Das war zumindest das Positive an dieser beschissenen Situation. Informationen? Geld? Wer wusste das schon. Er nahm an, dass es keine Rolle spielte. Entführt war entführt.

Tex empfand völlig neues Mitgefühl für diejenigen, denen er half. Soldaten, Frauen, Kinder, Freunde ... er hatte hart gearbeitet, um herauszufinden, warum und wo und wer. Aber er hatte nie wirklich darüber nachgedacht, was die Gefangenen durchmachten. Er nahm an, dass er sonst nicht in der Lage gewesen wäre, seine Arbeit so effektiv zu erledigen. Aber jetzt hatte er nichts als Zeit, über diese Dinge nachzudenken.

Jetzt fühlte er sich, als sei er unsensibel gewesen. Oder zumindest nicht mitfühlend genug. Er hatte in seinem Keller gesessen und auf seiner Tastatur herumgetippt, um die Informationen, die er gefunden hatte, an diejenigen weiterzugeben, die sich an die harte Arbeit machen konnten, um ihre Freunde oder geliebten Menschen zurückzuholen.

Er schwor, dass er sich bessern würde, wenn er das hier lebend überstand. Er würde den Opfern Psychiater und Einrichtungen wie *Die Zuflucht* empfehlen, damit sie das Geschehene verarbeiten konnten. Er würde sich öfter bei ihren Familien melden. Er würde die Sache nicht einfach als erledigt betrachten und in die Hände klatschen, als sei alles wieder normal.

Für die Menschen und Familien, die so etwas durchgemacht hatten, war nichts mehr normal. Er hätte das besser als jeder andere wissen müssen.

Er atmete tief durch und begab sich an den glücklichen Ort in seinem Kopf ... überall dort, wo Melody war. Tex ließ sich auf sein Knie fallen und bereitete sich darauf vor, ein paar Liegestütze zu machen. Er musste beschäftigt bleiben. Stark sein. Er hatte keine Ahnung, wie lange er hier sein würde, also würde er alles tun, um seinen Körper in Schuss zu halten. Er nahm die Tatsache, dass er noch nicht tot war, als gutes Zeichen. Die Arschlöcher, die ihn entführt hatten, wollten etwas. Er musste nur warten. Seine Freunde sollten diesen Scheiß entwirren.

Und sie würden es auch tun. Daran hatte er keinen Zweifel. Aber er war ein wenig besorgt darüber, wie sein Zustand sein würde, wenn sie es taten.

KAPITEL SIEBEN

Melody hatte überhaupt nicht geschlafen. Nicht einmal ein Nickerchen hatte sie gemacht. Das Gespräch mit Hope war furchtbar gewesen. Ihre Tochter hatte nicht ganz verstanden, was sie da hörte, und als sie es schließlich tat? Sie war zusammengebrochen. John war für Hope immer überlebensgroß gewesen. Ihr Daddy. Zu hören, dass jemand ihm wehgetan und ihn gestohlen hatte? Das war zu viel für sie.

Zum Glück war Amy da gewesen, um sie zu trösten. Melody hatte ihr Bestes getan, aber auch sie trauerte. Sie stand selbst noch unter Schock.

Amy hatte das Kommando übernommen. Zum Abendessen hatte sie einen Nudelauflauf gemacht, von dem weder Melody noch Hope viel aßen. Sie hatte ihr

Bestes getan, um alle Fragen von Hope zu beantworten und sie ins Bett zu bringen. Sie hatte Melodys Hand gehalten, während sie mit Akilah sprach und ihr noch einmal alles erklärte, was an diesem Tag geschehen war. Melody hatte ihre Verletzungen heruntergespielt, weil sie ihre Tochter nicht beunruhigen wollte. Sie war erleichtert, als Akilah sagte, sie käme am nächsten Tag nach Hause.

Obwohl Amy selbst erschöpft sein musste, war sie mit Melody bis in die frühen Morgenstunden aufgeblieben. Trotzdem war sie erleichtert, als Amy schließlich ins Gästezimmer ging, wo ihr Mann nach mehreren Kontrollen des Grundstücks zu Bett gegangen war.

Aber Melody war nicht in ihr eigenes Zimmer gegangen, nachdem sie ihrer besten Freundin versprochen hatte, das in »einer Minute« zu tun. Ihr Arm pochte – ja, ihr ganzer Körper schmerzte –, aber das war es nicht, was sie wach hielt. Es war die Frage, was John durchmachte. Wo er war. Ob es ihm gut ging.

Sie konnte nicht verhindern, dass sie alles noch einmal durchlebte, was geschehen war. Sie wünschte, sie hätte die Dinge anders gemacht. Sie fragte sich, ob der heutige Tag vielleicht anders verlaufen wäre, wenn sie dem Arschloch, das hinter ihr her gewesen war, hätte davonlaufen können. Wenn die Entführer sie nicht hätten benutzen können, um John gefügig zu machen, hätte er vielleicht entkommen können. Oder sie hätte einen der Nachbarn auf sich aufmerksam machen können, der die Polizei hätte rufen können.

Sie konnte auch nicht aufhören, sich zu fragen, warum dies geschah. Was die Leute, die sie angegriffen und John entführt hatten, wohl wollen würden. Ehrlich gesagt, die ganzen Was-wäre-wenn-Fragen machten sie verrückt. Sie brauchte Informationen. Sie musste wissen, warum das passiert war.

Melody stand mit einer Tasse Kaffee in der Hand in der Küche und starrte aus dem Fenster, als ein Klopfen an der Tür sie so sehr erschreckte, dass sie zusammen-zuckte und beinahe ihre Tasse fallen ließ. Sie starrte lange Zeit auf die Tür und hatte Angst, sich zu bewegen. Was, wenn die Männer es sich anders überlegt hatten und zurückgekommen waren, um sie zu holen?

Nein, das war dumm. Sie würden nicht an die verdammte Tür klopfen. Sie atmete tief durch und versuchte, ihren Herzschlag zu verlangsamen. Sie stellte die Tasse Kaffee ab und überlegte, was sie tun sollte.

»Mel? Ich bin's. Caroline. Und Matthew.«

Jeder Muskel in Melodys Körper entspannte sich. Sie lief praktisch zur Vorderseite des Hauses. Sie hörte Amy hinter sich, die fragte, wer an der Tür sei, aber Melody blieb nicht stehen. Sie dachte gerade noch daran, die Alarmanlage abzuschalten, bevor sie den Riegel der Haustür löste und sie aufriss. Als sie Caroline und Wolf sah, brach sie in Tränen aus. Sie hatte sich bisher recht gut zusammengerissen, aber der Anblick von Johns ältestem Freund ließ sie völlig zusammenbrechen.

Caroline betrat das Haus, nahm Melody in den Arm und führte sie zurück zur Couch. Es dauerte einige Minuten des Weinens, bis Melody ihre Gefühle wieder unter Kontrolle hatte.

»Mel, hast du letzte Nacht überhaupt geschlafen?«, fragte Amy.

Sie überlegte, ob sie lügen sollte, aber es waren ihre Freunde. Ihre Felsen. Sie schüttelte den Kopf.

»Gut. Als Erstes ... ein Nickerchen«, verkündete Caroline, stand auf und zog Melody mit sich hoch. Als sie den Flur entlang zu ihrem Schlafzimmer gingen, sträubte sie sich.

»Nicht dort. Ich ... kann nicht. Nicht ohne John.«

Mehr brauchte sie nicht zu sagen. Caroline wandte sich dem Zimmer zu, das Akilah benutzte, wenn sie zu Hause war. Zu Melodys Überraschung kletterte ihre Freundin auf das Bett und zog an ihrer Hand. Melody war zu müde, um sich zu wehren. Sie ließ zu, dass Caroline ihre Arme um sie legte, und seufzte, als sie sie festhielt.

»Matthew ist jetzt hier. Er kümmert sich um alles«, sagte Caroline leise und strich Melody mit der Hand über den Kopf, als sei sie fünf Jahre alt und keine erwachsene Frau. »Er hat alle Leute angerufen, die in der Lage sind, ihn zu finden. Heute fliegt ein Typ aus Hawaii ein. Beth und Ryleigh sind Computerfreaks wie Tex ... nichts für ungut. Und sie sind *stinksauer*. Ryleigh kommt zwar nicht hierher, aber es würde mich nicht wundern, wenn sie die ganze Situation gelöst haben, sobald wir unseren Mittagsschlaf beendet haben. Es gibt auch einen Kerl in Colorado, der mit seinen Kontakten redet ... und ich schätze, davon gibt es eine Menge in einigen nicht so guten Kreisen. Ich will damit nur sagen ... wir haben das im Griff. Tex hat so vielen Leuten so lange den Rücken gestärkt, dass jeder alles in seiner Macht Stehende tut, um jetzt seinen zu stärken. Schlaf, Melody. Dann wirst du dich besser fühlen.«

»Ich will, dass er nach Hause kommt«, flüsterte sie.

»Das weiß ich. Und Matthew und die anderen wissen es auch. Sie tun alles, was in ihrer Macht steht, um das zu erreichen.«

Erstaunlicherweise erlaubte es Melody, die Augen zu schließen und zu schlafen, wenn sie hörte, dass Matthew an dem Fall dran war und dass es im ganzen Land Menschen gab, die alles taten, um ihren Mann zu finden. Endlich.

Stunden später wachte sie auf und fühlte sich erstaunlicherweise viel besser. Ihr Herz schmerzte noch immer und ihr Körper pochte noch immer von all ihren Verletzungen, aber geistig fühlte sie sich stärker. Caroline war nicht mehr bei ihr im Bett.

Nach Benutzung des Badezimmers ging Melody ins Wohnzimmer – und blinzelte, als sie die vielen Leute sah. Amy und ihr Mann waren noch da, ebenso wie Matthew und Caroline. Hope und Akilah saßen in einer Ecke und unterhielten sich leise. Aber da waren auch noch drei andere Leute, die sie noch nie gesehen hatte.

Ein älter aussehender Herr mit schwarzem Haar, das reichlich mit Silber durchzogen war. Er sah gut aus, aber er hatte auch einen Hauch von Gefahr an sich, der Melody nervös machte. Er stand neben einer Frau mit dunkelbraunem, schulterlangem Haar. Sie erinnerte Melody sehr an Caroline. Sie hatte einen freundlichen Blick. Es schien verrückt zu sein, dass sie das allein durch einen Blick erkennen konnte, aber Melody war gut darin, solche Dinge zu spüren.

Dann gab es noch einen Mann, der fehl am Platz zu sein schien. Er lehnte an der Küchentheke und beobachtete einfach alle anderen. Er schien ein wenig losgelöst von den anderen zu sein, aber nicht weniger ... kompetent? Melody wusste nicht, mit welchem Wort sie ihn sonst beschreiben sollte. Er hatte die gleiche

Ausstrahlung wie John und seine knallharten Freunde, aber vielleicht ein bisschen gedämpfter. Er hatte kurzes braunes Haar und graue Augen, mit denen er alles auf einmal aufzunehmen schien. Er war der Erste, der Melody bemerkte, wie sie am Rande des Raumes stand.

Er räusperte sich und nickte in ihre Richtung.

»Melody! Du bist wach!«, sagte Caroline, als sie auf sie zueilte.

»Mom!«, rief Hope und lief ebenfalls auf Melody zu.

Sie umarmte ihre Tochter und griff nach Akilah, die ihrer Schwester gefolgt war. Die drei Keegan-Frauen kauerten einen langen Moment lang zusammen.

»Wie geht es euch beiden?«, fragte sie leise.

»Wir halten durch«, sagte Akilah. »Wie geht es dir? Dein Gesicht sieht furchtbar aus.«

Melody lachte. »Danke.«

Akilah wurde rot. »Ich habe das nicht so gemeint, wie es geklungen hat.«

»Das weiß ich. Und mir geht es gut, ehrlich.«

»Mom, all diese Leute sind hier, um Dad zu suchen«, sagte Hope.

»Ich weiß, Schatz.«

»Der Typ mit dem silbernen Haar sagt oft Scheiße«, flüsterte Hope.

Melody hörte Gelächter aus dem Raum. Ihre

Tochter war nicht so diskret, wie sie es vorgehabt hatte. »Nun, er ist ein Erwachsener. Er darf das. Du nicht.«

»Ich weiß.«

Als Melody aufschaute, fing sie Matthews Blick auf. Er sah ungeduldig aus, als wollte er ihr etwas Wichtiges sagen. Bei all den Leuten, die hier waren, hoffte sie, dass jemand Informationen über John hatte. Sie sah ihre Töchter noch einmal an. »Ich möchte, dass ihr eine Weile in Hopes Zimmer bleibt. Könnt ihr das für mich tun?«

»Ich will etwas über Dad hören«, jammerte Hope.

»Das weiß ich, und ich werde dir sagen, was ich kann, wenn ich es kann. Im Moment musst du tun, was ich sage. Bitte«, sagte Melody.

Einen Moment lang dachte sie, ihre willensstarke Tochter würde protestieren. Aber dann nickte sie und umarmte Melody noch einmal. »Okay, Mom.«

»Danke, Baby.«

»Komm schon, Kleine. Ich will alles über die Schule hören. Dieser neue Junge, den du magst, gemeine Mädchen und deine Freundinnen«, sagte Akilah.

Melody war dankbar für eine so verständnisvolle Tochter. Sie hatte keinen Zweifel daran, dass Akilah sich für all diese Dinge nicht interessierte, aber die Tatsache, dass sie bereit war, die Erwachsenen reden zu lassen, ohne dass Hope mithören konnte, war ein Segen.

Kaum waren die Mädchen außer Hörweite, wandte Melody sich an Matthew. »Was wissen wir?«

»Melody, ich möchte dir ein paar Leute vorstellen. Das sind Baker Rawlins und seine Frau Jodelle. Sie leben in Hawaii und sind erst vor dreißig Minuten hier eingetroffen. Und das ist Cade Turner. Er lebt mit seiner Frau Elizabeth in San Antonio. Sie ist gerade unten im Keller und versucht, sich in Tex' Computer zu hacken. Ich bin mir nicht sicher, wie viel Glück sie dabei haben wird, aber sie sagte etwas von einer Zusammenarbeit mit Ryleigh, die immer noch in New Mexico ist. Ich bin sicher, die beiden werden einen Weg hineinfinden.«

Der Gedanke, dass irgendjemand an Johns Computern saß, war Melody äußerst unangenehm, aber sie schluckte das Gefühl hinunter. Wenn es helfen würde, ihren Mann zu finden, war es ihr egal, wer was tat. »Schön, euch kennenzulernen«, sagte sie höflich und nickte den drei Neuankömmlingen im Haus zu.

»Gut, also Ryleigh hat vorhin angerufen. Sie hat herausgefunden, was auf dem Zettel stand, der um den Ziegelstein gebunden war, den du gefunden hast«, sagte Matthew.

Melody erstarrte. »Echt? Hat sie mit dem Detective gesprochen?«

Baker schnaubte. »Scheiße, nein. Die Lippen dieses Wichsers sind fester verschlossen als der Arsch eines Kamels in einem Sandsturm. Sie hat sich in die Dateien des Polizeireviers gehackt.«

Melody fiel spontan auf, dass Hope recht hatte. Dieser Mann sagte wirklich oft Scheiße. Aber sie war nicht beleidigt. Nicht im Geringsten. Wenn es jemals eine Situation gab, die den häufigen Gebrauch eines Schimpfwortes rechtfertigte, dann war es diese. »Was steht drauf?«, fragte sie in die Runde, ängstlich, es zu erfahren, aber dennoch brauchte sie die Antwort.

»Sie wollen Geld«, sagte Matthew leise.

Aus irgendeinem Grund war Melody über alle Maßen erleichtert. Wenn es nur Geld brauchte, würde sie ihren Mann zurückbekommen, bevor ihm etwas Schreckliches zustoßen konnte. »Fantastisch. Das können wir machen. Wie viel?«

Niemand im Raum begegnete ihrem Blick, was für Melody das erste Anzeichen dafür war, dass wirklich etwas nicht stimmte. »Matthew?«, fragte sie.

»Eine Milliarde«, sagte Baker.

Eine Sekunde lang verstand sie den Betrag nicht. Als es dann doch geschah, stolperte Melody nach hinten. Sowohl Caroline als auch Amy stürmten auf sie zu, aber Melody hob eine Hand und stoppte sie. »Eine *Milliarde* Dollar? Wie zum Teufel kommen die darauf, dass wir so viel Geld haben? Ich meine, John hat sich gut geschlagen, aber nicht *so* gut. Das ist Wahnsinn!« Die letzten Worte schrie sie praktisch.

»Es ist tatsächlich Wahnsinn«, stimmte Baker zu. »Und es ist Blödsinn. Sie wollen kein Geld. Ich meine, sie wollen es, aber sie wissen auch, dass es unmöglich sein wird, diesen Betrag aufzutreiben.«

Melody spürte, wie ihr die Galle hochkam. »Also warum? Was wollen sie wirklich? Und ... warum hat sich die Polizei nicht bei mir gemeldet und mir von der Lösegeldforderung erzählt?«

Wieder einmal begegnete niemand ihrem Blick. Sie drehte sich zu Baker um. Er war zwar etwas ungehobelt, aber er war offensichtlich derjenige, der am wenigsten um den heißen Brei herumredete. Er würde es ihr sagen, wie es war. »Baker?«

»Wahrscheinlich weil die Polizei es für einen Scherz hält. Und wir sind noch nicht sicher, was sie wirklich wollen. Nur, dass das Geld eine List zu sein scheint. Aber für den Fall, dass es nicht so ist, haben wir um Unterstützung bei der Beschaffung des Geldes gebeten.«

Melody schnaubte. »So viel können wir auf keinen Fall aufbringen«, murmelte sie.

»Ich glaube, das können wir«, sagte Matthew. »Es hat sich herumgesprochen, dass Tex Hilfe braucht. Den ganzen Morgen schon strömt Geld herein. Von überall her. Jeder, dem Tex jemals geholfen hat, tut, was er kann, um sich zu revanchieren. Als Beth uns das letzte Mal davon berichtete, waren über zweihundert Millionen auf dem Konto, das sie eingerichtet hat.«

Melody stolperte zur Couch und ließ sich auf die Kissen sinken. »Ernsthaft?«, flüsterte sie. Diese Menge an Geld war für sie unvorstellbar.

»Alle lieben Tex«, sagte Caroline, die sich neben sie gesetzt hatte. »Und es sind nicht nur die Menschen, denen Tex geholfen hat, die spenden. Diese Leute wenden sich an jeden, den *sie* kennen. Geschäftsführer, Männer und Frauen in der Regierung, Millionäre. Es scheint, als hätte Tex einen guten Ruf, und alle wollen ihm helfen, nur für den Fall, dass sie oder jemand, den sie lieben, in Zukunft Tex' Dienste benötigen.«

»Und was jetzt? Wenn sie nicht wirklich Geld wollen, wie bekommen wir John dann zurück?«

Bevor jemand ihr antworten konnte, klingelte Cades Telefon. Alle drehten sich erwartungsvoll zu ihm um. Er nahm ab und stellte es auf Lautsprecher.

»Du bist live«, sagte Cade.

»Gut, also ich bin drin«, sagte eine Frau am anderen Ende der Leitung. »Natürlich hat Tex, wie er nun mal ist, keine gut geordneten Dateien. Sie sind verschlüsselt und völlig unübersichtlich beschriftet. Er hat Ordner, auf denen ›Rezepte‹ steht, die aber offensichtlich nicht mit Rezepten gefüllt sind. Ryleigh und ich werden eine Weile brauchen, um herauszufinden, ob ich etwas finden kann, um die Hunderte oder Tausende von Namen von Leuten zu recherchieren, denen er geholfen hat, und um die Informationen zu filtern, die er auf der Suche nach den Vermissten gesammelt hat.«

»Beth, Melody ist wach. Sie ist hier und weiß von der Nachricht«, sagte Cade sanft.

»Beth ist Elizabeth, aus dem Keller«, sagte Amy. »Es ist zu anstrengend für sie, jedes Mal die Treppe hoch und runter zu gehen, wenn sie etwas findet, also ruft sie einfach Cade an, wenn sie mit uns reden muss.«

Melody schniefte leicht. »John macht das Gleiche. Er ruft mich aus dem Keller an oder schreibt mir eine SMS, wenn er mir etwas sagen will. Oft ist es nur, um mir zu sagen, dass er mich liebt. Bei diesen Anrufen habe ich immer angenommen, dass er gerade an einem besonders schlimmen Fall arbeitet und sichergehen will, dass ich weiß, wie viel ich ihm bedeute.« Allein der Gedanke an diese Anrufe trieb Melody die Tränen in die Augen. Aber sie blinzelte sie weg. Jetzt war nicht der richtige Zeitpunkt, um zu weinen.

»Hi, Melody. Es tut mir so leid, dass das passiert ist.

Aber wir sind alle an der Sache dran. Ich habe mich in das Sicherheitssystem deiner Nachbarn gehackt, die dem Ort am nächsten sind, an dem du und Tex entführt wurdet. Leider haben sie nur eine bewegungsgesteuerte Kamera und keine, die ständig aufzeichnet. Sie hat den Lieferwagen aufgenommen, der direkt auf euch zukam, und schwarz gekleidete Männer, die mit Tüchern ihre Gesichter verdeckten, ausstiegen, zu Tex gingen und ihn schlugen. Ich habe gesehen, wie du auf der anderen Seite des Wagens ausgestiegen und aus dem Bild gelaufen bist, gefolgt von einem Mann, dann einem weiteren. Es wurde ein Schrei eingefangen – in der Annahme, dass du das warst –, und dann wurde die Kamera dunkel. Dreißig Sekunden später ging sie wieder an, als ein verdammter Vogel vor die Kamera flog, aber die Straße war leer. Ich konnte das Kennzeichen nicht ermitteln, weil es kein Nummernschild gab. Aber wir arbeiten an anderen Perspektiven.«

Melodys Hoffnungen schwanden. Sie wusste um die Bedeutung von Kameras. Wie sie praktisch Fälle für die Polizei lösen konnten ... und auch für ihren Mann.

»Verkehrskameras?«, fragte sie hoffnungsvoll.

»Ich arbeite daran. Aber ohne Kennzeichen weiß ich nicht, wozu sie gut sein sollen. Wir wissen, wo du rausgelassen wurdest ...«

Melody schnaubte.

»Entschuldigung. Schlechte Wortwahl. Wo du aus dem verdammten Lieferwagen gestoßen wurdest, und wir können zwar Filmmaterial von Supermärkten und Banken entlang der Strecke bekommen, aber ich bin mir nicht sicher, ob uns das irgendwelche nützlichen Informationen liefert. Ich denke, das ist reine Zeitverschwendung, die Zeit könnten wir für etwas anderes besser nutzen«, sagte Beth.

Es war ein wenig seltsam, mit der Frau übers Telefon zu sprechen, wenn sie sich buchstäblich nur die Treppe runter aufhielt, aber Melody bekam in kurzer Zeit eine Menge Informationen, und ihr Kopf drehte sich zu sehr, um sich darum zu scheren.

»Wir haben also keine Informationen darüber, wer ihn entführt hat oder wo er ist?«, fragte Melody.

»Nicht genau«, entgegnete Baker. »Ich habe heute Morgen mit Rex gesprochen. Er ist in Colorado und hat die ganze Nacht mit seinen Kontakten geredet und recherchiert. Er konnte sich vergewissern, dass keiner der Hauptakteure des Sexhandels darin verwickelt ist. Wir dachten, sie wären es vielleicht, weil Tex viele ihrer Operationen gestört hat. Er war an der Befreiung großer Gruppen von Frauen und Kindern beteiligt, die die Leute viel Geld gekostet haben. Aber nach dem zu urteilen, was Rex herausgefunden hat, wissen die Leute in diesen Kreisen, dass sie sich nicht mit Tex anlegen sollten. Sie wissen, wozu er fähig ist, und obwohl sie es hassen, Geld zu verlieren, wissen sie, dass sie noch viel mehr verlieren, wenn sie es wagen würden, Tex aus dem Spiel zu nehmen. Außerdem sind sie ehrlich gesagt nicht schlau genug, um das durchzuziehen.«

Melody war erleichtert und entsetzt zugleich. »Okay, und wer dann?«

»Wir arbeiten daran«, sagte Beth. »Und noch etwas, Ryleigh sagte, dass Tex keinen seiner neumodischen Peilsender trägt. Tut mir leid.«

»Verdammt«, sagte Melody. Sie war nicht davon ausgegangen, aber sie hatte einen Hoffnungsschimmer gehabt, dass er ihn vielleicht an sich selbst testen wollte. Das hätte die Sache so viel einfacher gemacht.

»Ich arbeite immer noch an einigen meiner Möglichkeiten«, sagte Baker. »Ich kenne Leute an einigen ziemlich dunklen Orten. Ich habe ein paar Gefallen eingefordert, und sie werden sich bei mir melden, wenn sie etwas zu berichten haben.«

Melody war dankbar für jede einzelne Person in diesem Raum – und auch für die, die nicht in diesem Raum waren – für das, was sie tat, um zu helfen. Aber sie konnte sich des Eindrucks nicht erwehren, dass John in großen Schwierigkeiten steckte.

»Gibt es Fingerabdrücke oder DNA auf dem Ziegelstein und dem Zettel?«, fragte sie, obwohl sie die Antwort bereits kannte.

»Nein. Nichts«, antwortete Beth.

»Und was jetzt?«, fragte Melody.

»Wir sammeln weiter Geld und drehen jeden Stein um. Wir werden ihn finden, Melody. Ich verspreche es«, sagte Matthew.

Sie sah auf ihre Hände in ihrem Schoß hinunter. Es war kein besonders guter Plan, aber sie musste Johns Freunden vertrauen. Sie wollten genauso sehr wie sie, dass er gefunden wurde. Sie musste geduldig sein, was nicht so einfach war. Denn der Gedanke daran, was John durchmachen könnte, während seine Freunde ihr Ding durchzogen, bereitete ihr Bauchschmerzen. Tief in ihrem Inneren wusste sie, dass er litt. Wer auch immer ihn entführt hatte, wollte, dass er litt. Wollte, dass er unglücklich war. Das wusste sie an der Art, wie sie ihn in ihrem Wagen verprügelt hatten. Die Art und Weise, wie sie sie so gefühllos vor seinen Augen aus dem Fahrzeug gestoßen hatten.

Ein Klopfen an der Tür ließ Melody aufschrecken, und sie beobachtete, wie Baker sich zur Tür schlich. Er machte sich nicht die Mühe, durch den Spion zu schauen, sondern riss die Tür einfach auf. Sie alle hörten ihn fragen: »Wer bist du?«

»Aus dem Weg«, blaffte eine junge, weibliche Stimme.

Melody blickte in Richtung Eingangsbereich und sah, wie eine Frau Anfang bis Mitte zwanzig das Wohnzimmer betrat. Sie hatte schulterlanges aschblondes Haar und blaue Augen. Sie trug schwarze Stiefel, eine khakifarbene Cargohose und ein langärmeliges schwarzes Hemd. Ihr Blick war wild, als sie sich im Raum umsah und alle Anwesenden musterte.

»Annie Fletcher? Was zum Teufel machst du denn hier? Weiß dein Vater, wo du bist?«, fragte Matthew.

Die junge Frau funkelte ihn an. »Natürlich tut er das. Als er anrief, habe ich sofort um Urlaub gebeten und bin hierhergefahren. Was wissen wir und was kann ich tun, um zu helfen? Und sag nichts. Ich bin nicht mehr acht Jahre alt. Ich bin ein verdammter Green Beret. Ich kann mich vielleicht nicht in einen Computer hacken, aber ich kann trotzdem helfen. Vor allem weil die Leute mich immer so lange ignorieren, bis sie mein Armeemesser zwischen ihren Augen finden.«

Melody blinzelte. Sie kannte Annie. Sie hatte von John schon viele Geschichten über sie gehört. Er war sehr stolz auf die junge Frau, die sie geworden war. Er hatte damit geprahlt, wie schnell sie aufgestiegen und dass sie eine verdammt gute Soldatin war. Es war nicht einfach, die Ausbildung zum Green Beret zu überstehen, aber es als Frau zu schaffen war doppelt beeindruckend. John schien zu glauben, dass sie weiter aufsteigen und schließlich ihre eigene Einheit leiten würde. Aus irgendeinem Grund fühlte Melody sich durch ihre Anwesenheit sehr viel besser. Die Kraft, die von ihr ausging, war beeindruckend.

»Ich bin verdammt froh, dass du hier bist«, sagte Baker mit einem leichten Nicken.

»Ich kann es kaum erwarten, dich zu treffen«, rief Beths Stimme aus dem Lautsprecher von Cades Telefon.

»Also ... was ist los?«, fragte Annie sachlich.

Melody hatte kein Problem damit, sich zurückzulehnen und den anderen die Kontrolle über das Gespräch und die Situation zu überlassen. Sie war überfordert, und sie wusste es. Sie hatte früher mal Untertitel für Nachrichtensendungen erstellt ... sie war weder eine Supersoldatin noch ein Computergenie. Sie war sehr dankbar für jeden einzelnen Mann und jede einzelne Frau, die daran arbeiteten, John zu finden, ganz zu schweigen von denen, die so großzügig Geld gespendet hatten.

Ihr Haus war voll von den Besten der Besten. Sie würden ihren Mann finden. Die Alternative war undenkbar.

KAPITEL ACHT

Tex hatte die Sorgen hinter sich gelassen. Er hatte den Schmerz, den er fühlte, angenommen. Es war ihm scheißegal, dass er so nackt war wie an dem Tag seiner Geburt. Er war ins Verdammt-stinkwütend-Gebiet übergegangen.

Die Arschlöcher, die ihn entführt hatten, gaben ihm das Minimum an Nahrung und Wasser, das er zum Überleben brauchte, und das war auch schon alles. Schließlich hatten sie ihm einen Eimer in die Kiste gestellt – zu spät und zu dürftig –, damit er sich erleichtern konnte, aber sie hatten ihm immer noch nichts gesagt. Er glaubte, es war schon ein paar Tage her, dass er entführt worden war. Alles, woran er denken konnte, war Melody. Wie verängstigt sie sein musste. Wie besorgt. Er fragte sich, ob sie inzwischen einen seiner Freunde erreicht hatte. Was die Polizei unternahm, um ihn zu finden.

Er hatte keinen Zweifel daran, dass eine Suche im Gange war, und zum ersten Mal war *er* das Objekt dieser Suche. Er war es gewohnt, auf der anderen Seite zu stehen. Er suchte nach Hinweisen und durchforstete elektronische Geräte nach Informationen aller Art. Er langweilte sich tatsächlich. Und er hatte höllische Kopfschmerzen von der Musik, die seine Entführer immer noch schmetterten. Er hatte angenommen, dass sie ihn davon abhalten sollte, irgendetwas darüber zu hören, wo er sich befand oder was irgendjemand außerhalb seiner winzigen Ecke der Hölle sagte.

Kaum hatte er den Gedanken, öffnete sich die Tür zu seiner Kiste und erneut wurden schmerzhafte Lichtstrahlen in seine Augen gesandt. Wie schon zuvor blieb ihm nichts anderes übrig, als die Augen zu schließen und zu versuchen, sein Augenlicht zu bewahren, und seine Entführer nutzten die Gelegenheit, um ihn zu packen.

Sie waren auch nicht sonderlich sanft, was keine Überraschung war. Er stolperte auf seinem Fuß, als er aus der Kiste gezerrt, erneut auf den unbequemen Holzstuhl geschoben und gefesselt wurde. Tex war sich ziemlich sicher, dass er eines Tages einen Splitter abbekommen würde, weil sie ihn so brutal behandelten. Der Gedanke brachte ihn fast zum Grinsen. Es wäre urkomisch, wenn er nach seiner Rettung aus dieser ganzen beschissenen Situation als einzige Verletzung neben den Folgen der Schläge einen verdammten Splitter in seinem Arsch hätte.

Aber jede Art von Humor verflog, als seine Augen sich an das Licht gewöhnten und er sah, dass sich mehr Menschen im Raum befanden als je zuvor. Er konnte seine Kiste sehen, die an einer Wand stand. Jemand hatte sie speziell für die Aufbewahrung einer einzigen Person gebaut. Er wusste nicht, ob er der erste »Gast« war, den diese Männer je beherbergt hatten, oder ob sie das ständig taten.

Es gab ein Fenster, aber es war von dunklen Vorhängen verdeckt. Tex konnte ein wenig Licht durch den unteren Teil des Stoffes sehen, das ihm verriet, dass es Tag war. Er wünschte sich, er könnte nach draußen sehen, wenn auch nur für einen Moment. War er in einer bewohnten Gegend? Einem Farmhaus? Einem Lagerhaus? Er konnte es nicht sagen.

Als er seine Entführer ansah, bemerkte er, dass sie ganz in Schwarz gekleidet waren, genau wie am Tag seiner Entführung. Sie trugen Handschuhe und hatten ihre Gesichter mit Masken bedeckt. Es war schwer zu sagen, welcher Nationalität sie angehörten. Er konnte jedoch erkennen, dass sie alle Kaukasier waren. Das war ein Anfang. Tex speicherte die Informationen ab.

Einer der Männer, der anscheinend das Sagen hatte, nickte einem anderen zu. Dieser ging zu einem Hocker hinüber, der in dem ansonsten leeren Raum stand ... leer bis auf die verdammte Kiste, den Stuhl, auf dem er saß, und natürlich die vier anderen Männer im Raum.

»Es scheint, als würde deine Frau nicht kooperieren«, sagte der Mann.

Tex erkannte die Stimme des Mannes nicht. Er hatte keinen erkennbaren Akzent, den er wahrnehmen konnte. Er brauchte Informationen, und die einzige Möglichkeit, sie zu bekommen, bestand darin, diesen Mann zu verärgern. Er musste ihn dazu bringen zuzugeben, warum er ihn überhaupt entführt hatte. Nur so konnte er versuchen herauszufinden, wer diese Männer waren und welche Verbindung sie zu ihm hatten. Es musste eine geben. Es war höchst unwahrscheinlich, dass sie seinen Wagen willkürlich aus allen Fahrzeugen der Welt für einen Angriff ausgewählt hatten.

»Wenn sie wüsste, wer ihr seid und warum ihr mich entführt habt, wäre sie vielleicht eher bereit, euer Spiel mitzuspielen«, sagte Tex.

»Woher weißt du, dass ich ihr diese Dinge nicht schon mitgeteilt habe?«, fragte der Mann.

Tex grinste. »Wenn du das getan hättest, wärst du tot und ich wäre zu Hause bei meiner Familie.«

Das kam bei dem Mann nicht gut an. Er runzelte die Stirn, und Tex glaubte, wenn er seinen Mund erkennen könnte, würde er sehen, dass seine Lippen zusammengepresst waren.

»So verdammt selbstgefällig«, sagte der Mann und schüttelte leicht den Kopf. »Du warst schon immer der eingebildetste Hurensohn da draußen.«

Er kannte Tex also doch. Er wusste, dass dies in gewisser Weise persönlich war. »Hatten wir schon das Vergnügen, uns zu treffen?«, drängte er. Er glaubte nicht, dass der Mann antworten würde, aber vielleicht irrte er sich. Manche Männer gaben gern mit sich und ihren Taten an. Mit etwas Glück war dieser Mann einer von ihnen. Tex konnte nicht viel mit den Informationen anfangen, nicht wenn er nackt und in eine Kiste gestopft war, aber wenn er gerettet wurde, könnte er dafür sorgen, dass sein Entführer und seine Kumpane nie wieder jemanden verarschen konnten.

»Wie gesagt, deine Frau ist nicht kooperativ«, wiederholte der Mann.

Tex runzelte die Stirn. Der Mangel an Informationen machte ihm zu schaffen. Er war ein Mann der Tat. Er lebte davon, das kleinste bisschen Information über sein Ziel aufzuspüren. Seine Finger sehnten sich nach einer Tastatur und einem Computer. Er konnte herausfinden, wer dieses Arschloch war. Alles, was er brauchte, war ein kleiner Faden, an dem er ziehen konnte.

»Sie liebt dich offensichtlich nicht so sehr, wie du dachtest, oder?«, fragte der Mann mit lauterer Stimme.

Tex ignorierte ihn. Ihn mit Melodys Liebe zu ködern, oder mit dem Fehlen derselben, würde nicht funktionieren. Tex war sich in Bezug auf seine Beziehung zu seiner Frau sehr sicher. Er würde alles für sie tun, er würde sogar sterben, wenn sie dafür leben würde. Was natürlich der letzte Ausweg war. Er wollte leben. Er hatte noch viele Jahre des ehelichen Glücks vor sich.

»Hörst du mir zu?«, schrie der Mann und verlor etwas von der Kontrolle, die er behalten hatte, seit er Tex aus der Kiste gezerrt hatte.

»Ja«, sagte er schlicht.

»Wir haben eine Nachricht hinterlassen, dass wir dich zurückgeben, wenn sie ein Lösegeld zahlt. Und bis jetzt scheint sie nicht daran interessiert zu sein, irgendetwas für deine Rückkehr zu bezahlen.«

»Habt ihr ihr gesagt, wie sie euch erreichen kann? Eine Nummer hinterlassen? Eine E-Mail-Adresse? Irgendetwas?«, fragte Tex, seine Stimme ruhig und gelassen. »Denn ohne das kann sie euch nicht sagen, dass sie daran arbeitet, oder?« Er wusste nicht, woher er genau wusste, was er sagen musste, um diesen Mann zu provozieren, aber er wusste es.

Und er hatte recht. Seine Entführer wollten kein Geld. Sie hätten sie angerufen oder sich anderweitig gemeldet, wenn sie es wollten. Sie hätten Melody einen Weg genannt, ihnen das Lösegeld zukommen zu lassen.

Tex sah, wie die anderen Männer im Raum verwirrte Blicke austauschten. Jetzt war es mehr als offensichtlich, dass sie nicht in die Details dieser Entführung eingeweiht waren. Sie waren als Schläger eingesetzt worden. Um einzuschüchtern ... und sie waren offensichtlich überrascht, dass die Forderung nach Geld keine Möglichkeit für Melody enthalten hatte, mit dem Verantwortlichen zu kommunizieren.

»Sie liebt dich nicht, verdammt!«, schrie der Mann und verlor schließlich die Beherrschung. »Der einzige Grund, warum sie mit einem *Krüppel* wie dir zusammen ist, ist dein Geld. Es ist kein Wunder, dass sie nicht zahlen will. Sie will das ganze Geld für sich behalten. Wahrscheinlich ist sie erleichtert, dass sie deinen ekelhaften Stumpf nicht mehr sehen muss!«

Tex blieb ruhig. Nichts, was dieser Mann sagte, traf sein Ziel. Melody hatte kein Problem mit seiner Behinderung, und seine Narben oder sein »Stumpf«, wie dieses Arschloch sein Bein nannte, machten ihr auch nichts aus.

Als der Mann sah, dass er Tex nicht zum Reden brachte, schnaubte er gereizt und griff dann hinter sich.

Das ließ Tex zum ersten Mal zusammenzucken. Er wusste, was diese Bewegung bedeutete – und er hatte recht. Sein Entführer zog eine Pistole aus einem Holster an seinem Rücken und richtete die Waffe auf Tex.

»Was glaubst du, wie sie sich fühlen wird, wenn sie hört, wie du auf Band erschossen wirst?«, fragte der Mann und trat näher an Tex heran.

Der Blick in den Lauf der Waffe brachte Tex zum ersten Mal ins Schwitzen. Er wollte nicht sterben. Aber er hatte nicht vor, diesem Mann nachzugeben. Verdammt, der Mann hatte ihn nicht einmal wirklich nach Informationen gedrängt. Er bedrohte ihn nicht, um ihn zum Reden zu bringen. Tex war sich nicht sicher, warum der Mann so wütend war. Aber in diesem Moment wurde ihm klar, dass dieses ganze Gespräch aufgezeichnet wurde. Das war es, was der Mann neben dem Stuhl getan hatte. Er hatte bei einem verdammten Kassettenrekorder auf Aufnahme gedrückt. Irgendwas aus den Achtzigern. Was ziemlich clever war, wenn man bedachte, dass Tex – und einige der Männer und Frauen, mit denen er zusammenarbeitete – in der Lage wäre, eine per E-Mail verschickte Audiodatei zurückzuverfolgen.

»Gib nicht nach!«, rief Tex in dem Wissen, dass der Mann vorhatte, das Band an seine Frau zu schicken, um sie zu foltern. Er war sich auch ziemlich sicher, dass dies nicht das Ende seines Lebens sein würde. Nein, dieses Arschloch war noch nicht mit ihm fertig. Er hatte gerade erst angefangen.

»Halt den Mund!«, befahl der Mann.

Aber Tex hielt nicht den Mund. »Ich liebe dich, Mel. Mir geht's gut! Gib diesem Arschloch kein Geld! Sag ...«

Er kam nicht dazu, seine Botschaft der Liebe zu seinen Kindern zu beenden, bevor ein lauter Schuss durch den Raum schallte.

Tex brauchte nur den Bruchteil einer Sekunde, um zu begreifen, dass er nicht in den Kopf, ins Herz oder in den Bauch geschossen worden war, denn all das wäre wahrscheinlich tödlich gewesen.

Nein, das Arschloch hatte ihm ins Bein geschossen. In die Wade.

Er stieß einen gequälten, verspäteten Schrei aus. Der Schmerz war immens. Fast überwältigend. »Du Arschloch! Was zum Teufel?«, rief er.

»Vielleicht motiviert das deine liebe Frau, das verdammte Geld zu besorgen, um das wir gebeten haben«, sagte der Mann.

Durch einen glühenden Schleier des Schmerzes sah Tex, wie der Mann dem Kerl neben dem Tonbandgerät zunickte. Er drückte einen Knopf, nahm das kleine Gerät und verließ den Raum.

Als die Tür sich öffnete, sah Tex etwas, das wie eine Art Wohnzimmer aussah, wenn auch schon lange nicht mehr bewohnt. Aber er hatte keine Gelegenheit, viel mehr zu erkennen, bevor sich die Tür hinter dem Mann, der gegangen war, schloss.

»Befördert ihn wieder in die Kiste. Lasst ihn eine Weile nachdenken«, befahl der Verantwortliche.

»Worüber nachdenken?«, wütete Tex und wehrte sich gegen die Männer, die seine Hände losbanden und den Kabelbinder durchschnitten, mit dem sie sein nun blutendes Bein am Stuhl befestigt hatten. »Ihr habt mich um gar nichts gebeten. Ihr habt nicht verlangt, dass ich etwas tue. Es gibt nichts zu bedenken, außer wie feige ihr seid! Ihr wollt mir nicht einmal sagen, was ich angeblich getan habe, dass ihr mich überhaupt entführt habt!«

»Du kannst darüber nachdenken, wie deine geliebte Melody sich fühlen wird, wenn sie das Band bekommt. Wenn sie hört, wie auf dich geschossen wird und wie du vor Schmerzen schreist«, sagte der Mann ohne jegliches Gefühl. Dann drehte er Tex den Rücken zu, während er zurück zur Kiste gezerrt wurde.

Tex wehrte sich, aber es war sinnlos. Er wurde buchstäblich in die Kiste zurückgeschleudert und landete mit einem dumpfen Aufprall auf dem harten Boden, bevor er wieder in die Dunkelheit gesperrt wurde. Einen Moment später setzte die laute Musik wieder ein.

Tex warf den Kopf zurück und schrie seine Frustration und seinen Schmerz heraus.

Sein Entführer hatte nicht unrecht mit seinen Gedanken. Alles, woran er denken *konnte*, war Melodys Reaktion, wenn sie den Schuss hörte und sich fragte, was zum Teufel mit ihm passiert war. Ob sie sich Sorgen machte, dass er getötet worden war und sie das anhören musste. Er hoffte nur, dass sie in der Lage sein würde, vernünftig genug zu denken, um zu verstehen, dass sein Schreien *nach* dem Schuss bedeutete, dass er offensichtlich nicht tot war.

Natürlich konnte er immer noch verbluten. Tex presste seine Hände so fest wie möglich an die Löcher in seiner Wade, um die Blutung zu stoppen, schaukelte vor und zurück und biss die Zähne zusammen, als der Schmerz ihn durchfuhr.

Er war jetzt praktisch völlig hilflos. Da er wortwörtlich nur noch ein Standbein hatte und dieses Bein angeschossen war, könnte er nur kriechend aus dieser Kiste herauskommen ... wessen er sich nicht widersetzen würde, wenn es bedeutete zu entkommen.

Nur gab es keinen Ausweg aus dieser Kiste. Während der letzten Tage hatte er jeden Zentimeter mit seinen Händen gründlich untersucht. Die einzige Möglichkeit bestand darin, dass jemand die Tür öffnete und ihn befreite. Verdammt noch mal.

Die Frustration fraß an ihm. Seine Entführer hatten die Oberhand, daran gab es keinen Zweifel. Seine Freunde mussten sich verdammt noch mal beeilen und die Sache hinbekommen. Es war offensichtlich, dass der Mann, der das Sagen hatte, Tex kannte. Und er schien besonders auf Melody fixiert zu sein, was beängstigend war. Er könnte versuchen, seine Frau zu benutzen, um Tex zu foltern, oder er könnte etwas noch Ruchloseres planen. Der Gedanke, dass Melody in der gleichen Situation sein könnte wie er, war vielleicht das Einzige, was Tex brechen konnte.

Er betete, dass jemand Ryleigh erreicht hatte. Die junge Frau war ein verdammtes Genie, was Computer und Hacken anging. Wenn sie sich seine Dateien ansah – er hatte keinen Zweifel daran, dass sie sich problemlos in seinen Computer hacken konnte –, sollte sie in der Lage sein, etwas zu finden. Irgendetwas.

Seine anderen Freunde würden auch nicht Däumchen drehen. Elizabeth, Baker, Wolf, Trigger, Mustang,

Cookie, Cruz ... wenn sie alle zusammenarbeiteten, konnten sie die Sache aufklären. Er betete nur, dass sie dazu in der Lage waren, bevor der Verrückte, der einen höllischen Groll gegen ihn hegte, ein wenig zu schießwütig wurde und beschloss, die Sache zu beenden.

Zu diesem Zeitpunkt würde er Tex auf keinen Fall einfach gehen lassen. Nein, entweder fanden seine Freunde eine Lösung, oder Melody würde ihren Mann beerdigen.

Dieser Gedanke und der Schmerz brachten Tex dazu, sich zu übergeben. Nicht dass er viel im Magen gehabt hätte. Galle und ein bisschen Wasser. Er konnte den Gedanken an Melodys Schmerz nicht ertragen, wenn sie das Band hörte.

»Kommt schon, Leute ... ihr müsst mich finden und mich hier rausholen«, murmelte er, unfähig, seine eigenen Worte bei der Lautstärke des Heavy Metals zu verstehen.

Für einen Sekundenbruchteil dachte er an Raiden und Khloe. Wie sie in einen Kofferraum gesteckt worden waren, während um sie herum Death Metal – die ekelhafte Art – dröhnte. Bis zu diesem Moment hatte er nicht verstanden, welche psychischen und physischen Auswirkungen so etwas auf einen Menschen haben konnte. Er schwor sich, wenn er das überlebte, würde er sie anrufen und sich dafür entschuldigen, dass er sie nicht schneller gefunden hatte.

Tex tat sein Bestes, um die Musik auszublenden, und konzentrierte sich auf sein Bein. Er tastete seine schmerzende Wade ab und stellte fest, dass die Kugel ein glatter Durchschuss durch den fleischigen Teil war, was gut war. Das bedeutete, dass er keine Kugel in sich trug.

Das Arschloch war ein sehr guter Schütze, was Tex nicht gerade ein gutes Gefühl vermittelte. Er hätte ihn durchaus an einer Stelle treffen können, die tödlich gewesen wäre, aber er hatte es nicht getan. Stattdessen hatte er sich entschieden, ihm eine Fleischwunde zu verpassen, eine sehr schmerzhafte Fleischwunde in seiner Wade. Tex hätte es lieber mit einem Amateur zu tun gehabt. Aber mit jeder Minute, die verging, wurde ihm klar, dass das nicht der Fall war. Dieser Kerl war gut. Aber Tex war sich sicher, dass seine Leute besser waren. Das mussten sie auch sein, wenn er hier lebend herauskommen wollte.

KAPITEL NEUN

Drei Tage.

Wenn jemand Melody am Anfang gesagt hätte, dass so viel Zeit vergehen würde, ohne dass sie etwas über den Verbleib ihres Mannes erfuhr, wäre sie durchgedreht. Aber die Tage verschmolzen ineinander. Sie schlief kaum noch, musste sich zum Essen zwingen. Amy hatte Hope und Akilah zu sich nach Hause mitgenommen, um sie von dem ständigen Stress und den Sorgen zu befreien, die den Keegan-Haushalt übernommen hatten. Cade war mit ihnen gegangen, um aufzupassen, dass sie in Sicherheit waren, und Rex, der Typ aus Colorado, hatte zwei weitere Männer geschickt, um die Mädchen zu bewachen. Melody glaubte, dass sie ihr als Meat und Arrow vorgestellt worden waren, aber sie war sich nicht hundertprozentig sicher. Sie war einfach nur erleichtert, dass jemand auf ihre Kinder aufpasste.

Sie ging auf und ab, etwas, das sie fast ununterbrochen getan hatte. Sie war heute wahrscheinlich schon zwanzigtausend Schritte gelaufen. Aber sie konnte nicht stillhalten. Konnte nicht aufhören, sich zu fragen, was um alles in der Welt geschah. Wo John sein könnte.

In der Zwischenzeit hatten Menschen aus aller Welt fast siebenhundert Millionen Dollar gespendet. Darunter eine sehr große Spende von Steve Ballmer, der Verbindungen zu Microsoft hatte, und sogar der reichste Milliardär der Welt, Bernard Arnault, Vorsitzender und Geschäftsführer des LVMH-Imperiums mit fünfundsiebzig Mode- und Kosmetikmarken, überwies einen großen Batzen Geld, weil er sich einmal mit Tex darüber beraten hatte, wie er seine fünf erwachsenen Kinder vor geldgierigen Entführern schützen könnte.

Es verblüffte sie. Diese Art von Geld war unbegreiflich. Und doch war es nicht genug. Und es spielte auch keine Rolle, denn sie hatten keine Anweisungen von Johns Entführern erhalten, wo sie das Geld abliefern sollten. Auch kein Lebenszeichen. Nichts.

Beth hatte auch nicht viel geschlafen, sie war fast rund um die Uhr in Johns Büro im Keller gewesen. Sie unterhielt sich ständig mit Ryleigh, der Frau in New

Mexico. Gemeinsam gingen sie alle Dateien von John durch und versuchten herauszufinden, wer hinter dieser Entführung steckte und warum.

Aber für Melodys Seelenfrieden ging das alles zu langsam. Sie wollte John zurück. Heute. Jetzt.

Als Melodys Handy klingelte – das Handy, das sie von der Polizei zurückbekommen hatte –, riss sie den Kopf in Richtung des Geräusches. Sie stürzte zum Tresen und hoffte inständig, dass es John war, der anrief, um ihr zu sagen, dass er geflohen war und sie ihn abholen solle. Es war ein lächerlicher Gedanke, aber sie konnte nicht anders, als zu hoffen.

Aber Matthew stand direkt am Tresen und griff zuerst zum Telefon. Melody beobachtete ihn mit großen Augen und wartete auf ein Zeichen, dass der Anrufer gute Nachrichten hatte.

»Melody Keegans Telefon ... ja, sie ist hier, aber Sie können mit mir reden ... Moment – wo? Ist das Ihr Ernst? Mist. In Ordnung, jemand wird es abholen. Und wir werden auch die Überwachungsvideos sehen wollen ... Wollen Sie mich verarschen? Scheiße, verdammte Scheiße. *Na schön.* Sie werden wissen, wer es abholen wird, denn er wird der unglaublich gruselige Typ sein, mit dem Sie sich nicht anlegen wollen.«

Dann legte Matthew aggressiv auf.

»Das war viel befriedigender, als man die Telefone

noch in die Gabel knallen konnte«, murmelte er, bevor er tief durchatmete und sich die Leute im Raum ansah.

Caroline und Jodelle waren sich in den letzten Tagen nähergekommen. Jodelle war eine unglaublich süße Frau, und in jeder anderen Situation hätte Melody sie gern besser kennengelernt. Aber alles, woran sie denken konnte, war John und was er wohl gerade durchmachen mochte.

Baker war immer an der Seite seiner Frau, schaute ständig nach ihr und vergewisserte sich, dass sie aß, genügend Wasser zu sich nahm und dass es ihr in dieser sehr stressigen Situation gut ging. Es erinnerte Melody daran, wie John zu ihr war, und es war gleichermaßen schmerzhaft und herzerwärmend.

Auch Annie war noch da. Sie war wie ein Korken kurz vor dem Platzen. Sie hatte wahrscheinlich genauso viele Schritte gemacht wie Melody. Sie wollte etwas tun, aber da sie sich nicht mit Computern auskannte, musste sie warten, bis sie Informationen hatten, auf die sie reagieren konnten.

»Das war ein Angestellter des Stop-N-Go an der Fourth und Main. Er sagte, ein Junge, ein Teenager, kam in den Laden mit einer Kassette und Melodys Telefonnummer. Er sagte, ihm wurde gesagt, er solle dorthin gehen und beides übergeben, und jemand solle die Nummer anrufen und der Frau sagen, sie solle die

Kassette abholen.« Matthew hob eine Hand. »Aber die haben keine Sicherheitskameras. Oh, und der Junge hat behauptet, der Typ, der ihm das Band gegeben hat, hätte gesagt, der Angestellte würde ihm hundert Dollar zahlen, wenn er es abliefert.«

»Glaubst du, er ist noch da, wenn ich dort eintreffe?«, fragte Baker, der offensichtlich keinen Zweifel daran hatte, dass er derjenige sein würde, der die Kassette holen würde.

Matthew schnaubte. »Nein. Weil der Verkäufer gesagt hat, dass der Junge abgehauen ist, als er sich geweigert hat, ihm Geld zu geben.«

»Ich komme mit«, sagte Annie.

»Ich werde Beth von dem Anruf erzählen«, erklärte Jodelle. Sie ging zu Baker hinüber, stellte sich auf die Zehenspitzen und küsste ihn, bevor sie zur Kellertür ging.

»Auch ohne die Kameras am Stop-N-Go kann sie andere Kameras in der Gegend überprüfen, um herauszufinden, aus welcher Richtung der Junge kam. Das könnte uns einen Hinweis darauf geben, wo er sich mit demjenigen getroffen hat, der ihm das Band gegeben hat«, murmelte Matthew.

»Wer zum Teufel hat etwas, um eine *Kassette* abzuspielen?«, fragte Caroline niemanden im Speziellen. »Ich meine, ist es ein Achtspurband, eine Kassette, eines dieser kleineren Bänder, die in Rekordern verwendet werden, die früher bei Reportern so beliebt waren? Oder ist es eine echte elektronische Aufnahme?«

»Ich glaube, Hope hat einen Kassettenrekorder«, sagte Melody, während ihr der Kopf schwirrte. »Wir haben ihn ihr geschenkt, weil sie von allem, was mit den Achtzigern zu tun hatte, besessen war, als in ihrer Grundschule ein Achtziger-Tag stattfand. Wir haben ihn bei Goodwill gefunden, und die hatten sogar noch ein paar Kassetten. Debbie Gibson, Cyndi Lauper, Boy George ...« Sie kicherte, aber es war nicht gerade ein humorvoller Laut. »Ich hätte nie gedacht, dass ich ihn mal brauche, um eine Kassette abzuspielen, die die Entführer meines Mannes geschickt haben.«

Caroline ging sofort zu Melody und legte ihr einen Arm um die Taille, um sie zu unterstützen.

»Wir werden so schnell wie möglich zurück sein. Ich rufe Beth an, wenn wir dort etwas erfahren«, sagte Baker in einem flachen, sachlichen Ton. Dann waren er und Annie verschwunden.

Melody zitterte. Sie fürchtete sich davor zu hören, was auf dem Band war, aber gleichzeitig konnten Baker und Annie nicht schnell genug zurückkommen. Sie musste wissen, was mit John passiert war. Ob es ihm gut ging. Es gab keine Garantie, dass er überhaupt auf dem Band zu hören sein würde, aber sie sehnte sich danach, seine Stimme zu hören. Zu wissen, dass er noch am Leben war.

Es dauerte eine gefühlte Ewigkeit, bis Baker und Annie zurückkamen. Die Zeit schien stehen zu bleiben, während alle warteten. Als Melody ein Fahrzeug in der Einfahrt hörte, wäre sie fast hinausgelaufen und hätte ihnen das Band aus der Hand gerissen.

Caroline hatte den Kassettenrekorder aus Hopes Zimmer geholt und auf die Theke gestellt, als Baker und Annie das Haus betraten und beide nicht glücklich aussahen.

»Der Angestellte konnte nur sagen, dass der Junge etwa dreizehn Jahre alt war, weiß war, Jeans und ein schwarzes T-Shirt trug und er ihn noch nie zuvor gesehen hatte«, verkündete Baker.

»Verdammt«, murmelte Matthew.

Melody war das alles fast egal. Ihr Blick war auf die Kassette in Annies Hand gerichtet. Die junge Frau sah den Kassettenrekorder auf dem Tresen und ihre Augen wurden groß. »Wo zum Teufel habt ihr das her? Ich habe Baker gesagt, dass wir nichts haben, um das Ding abzuspielen, aber er wollte so schnell wie möglich zurückkommen, weil er wusste, dass Melody sich Sorgen machen würde. Ich dachte, wir könnten uns nach unserer Rückkehr darum kümmern, etwas zu finden, womit wir die Aufnahme abspielen können.«

Melody schenkte dem schweigsamen Mann ein dankbares Lächeln. Er war schroff und rau, aber sie mochte ihn sehr. Er versuchte auch nicht, etwas vor ihr zu verbergen. Das schätzte sie mehr, als sie sagen konnte. »Ich habe ihn letztes Jahr für Hope gekauft, als sie gerade ihre Achtziger-Phase durchmachte«, erklärte sie knapp.

Annie nickte und ging zum Tresen hinüber. Sie legte die Kassette vorsichtig ein und schaute dann zu Baker auf, als wollte sie fragen, ob es in Ordnung sei, auf Play zu drücken. Melody hätte am liebsten geknurrt. Die einzige Person, die sie um Erlaubnis bitten sollte, das verdammte Ding abzuspielen, war sie selbst, aber sie hielt ihre Verärgerung zurück. Alle wollten doch nur helfen.

»Warum lässt du es uns nicht erst mal anhören?«, schlug Matthew sanft vor.

Melody schüttelte entschieden den Kopf. »Nein. Komm schon, Annie, drück auf Play«, forderte sie.

»Bist du sicher?«, fragte Baker. »Wir haben keine Ahnung, was da drauf ist.«

»John ist mein Mann. Ich bin nicht dumm. Ich bin mir durchaus bewusst, dass er vielleicht gar nicht auf diesem Band ist. Dass er tot sein könnte. Und ihr denkt vielleicht, ich sei hysterisch oder wünsche mir Dinge, die nicht wahr sind, aber ich habe nicht das Gefühl, dass er tot ist. Hier. In meinem Herzen«, sagte Melody und legte eine Hand auf ihre Brust. »Ich muss wissen, was die nächsten Schritte sind. Wenn sie das wirklich wegen des Geldes gemacht haben, möchte ich das Geld, das die Leute großzügig geschickt haben, diesen Arsch-löchern geben und meinen Mann zurückholen können. Ich brauche ihn. Hope und Akilah brauchen ihn. Verdammt, die *Welt* braucht ihn. Manchmal ärgert es mich, wie oft er sich in seinem Keller verkriecht, um anderen zu helfen, aber ich würde nicht wollen, dass er sich ändert. Jetzt spiel das verdammte Band ab, Annie!«

»Tu es«, stimmte Baker zu und nickte der jungen Frau zu.

Es war, als hielten alle im Raum den Atem an, als Annie schließlich die Abspieltaste des Tonbandgeräts drückte.

Es scheint, als würde deine Frau nicht kooperieren, sagte eine Männerstimme.

Melody erschauderte, als die Bedrohung und der Hass laut und deutlich durch das kratzige Band drangen.

Wenn sie wüsste, wer ihr seid und warum ihr mich entführt habt, wäre sie vielleicht eher bereit, euer Spiel mitzuspielen.

Melody musste bei den Worten ihres Mannes ein wenig grinsen. Er hatte recht. Sie war mehr als bereit, das Arschloch zu bezahlen, das John entführt hatte, aber sie musste wissen, *wie* sie das anstellen sollte.

Woher weißt du, dass ich ihr diese Dinge nicht schon gesagt habe?

Denn dann wärst du tot und ich wäre zu Hause bei meiner Familie.

So verdammt selbstgefällig. Du warst schon immer der eingebildetste Hurensohn da draußen. Wie ich schon sagte, deine Frau kooperiert nicht. Sie liebt dich offensichtlich nicht so sehr, wie du dachtest, oder?

Melody hätte am liebsten geschnaubt. John wusste, wie sehr sie ihn liebte, weil sie es ihm jeden Tag sagte. Wenigstens einmal. Er war ihr Ein und Alles, und er wusste es.

Hörst du mir zu?

Ja.

Es war befriedigend, John so ruhig zu hören, während sich dieses Arschloch immer mehr aufregte. Er war schon immer so gewesen. Das musste er sein, um das zu tun, was er tat. Er musste ruhig bleiben, wenn die Kacke am Dampfen war. John hatte Melody einmal gesagt, dass Ruhe zu bewahren das Beste sei, was man in einer Situation tun könne, die man nicht unter Kontrolle hat.

Melody merkte, dass sie einiges von dem, was gesagt wurde, nicht mitbekommen hatte, weil sie in Gedanken bei ihrem Mann war, aber die nächsten Worte des wütenden Mannes rissen sie zurück in die Gegenwart.

Sie liebt dich nicht, verdammt! Der einzige Grund, warum sie mit einem Krüppel wie dir zusammen ist, ist dein Geld. Es ist kein Wunder, dass sie nicht zahlen will. Sie will das ganze Geld für sich behalten. Sie ist wahrscheinlich erleichtert, dass sie deinen ekelhaften Stumpf nicht mehr sehen muss!

Das machte Melody wütend. Sie liebte John für den Mann, der er war. Es war ihr völlig egal, wie sein Bein aussah.

Was glaubst du, wie sie sich fühlen wird, wenn sie hört, wie du auf Band erschossen wurdest?

Ihr Herz hörte buchstäblich auf, in ihrer Brust zu schlagen. Melody hielt sich an der Kante des Tresens fest und lehnte sich nach vorn, zum Kassettenrekorder. Sie wollte Annie anflehen, ihn auszuschalten. Sie war so sicher gewesen, dass John noch lebte. Dass es ihm gut ging. Sie konnte es nicht ertragen zu hören, wie er auf dem Band erschossen wurde.

Gib nicht nach!

Zum ersten Mal schwang in Johns Stimme ein Hauch von Besorgnis mit.

Halt den Mund!

Ich liebe dich, Mel. Mir geht's gut! Gib diesem Arschloch kein Geld! Sag …

Melody schnappte nach Luft, als der Schuss in der Küche widerhallte. Ihre Beine wurden schwach und sie sackte auf den Boden, wobei der Schock es ihr schwer machte, klar zu denken.

Du Arschloch! Was zum Teufel?

Vielleicht motiviert das deine liebe Frau, das verdammte Geld zu besorgen, um das wir gebeten haben!

Ein Klicken ertönte – und die Aufnahme endete.

John! Das war Johns Fluchen. Er war am Leben … oder war es gewesen, gleich nachdem der Schuss gefallen war. Melody saß auf dem Boden und zitterte unkontrolliert.

Caroline war sofort an ihrer Seite, legte einen Arm um ihre Schultern und hielt sie fest.

Zu Melodys Überraschung kniete Baker sich neben sie auf den Boden. Er berührte sie nicht, schwebte nur in ihrem persönlichen Bereich. »Er ist in Ordnung«, sagte er mit fester Stimme und in einem tiefen, tödlichen Ton.

»Das weißt du nicht«, flüsterte Melody.

»Du hast ihn gehört. Er war stinksauer. Hätte man ihm in den Kopf geschossen, wäre er nicht in der Lage gewesen, ein Wort zu sagen. Und wenn er ins Herz oder in den Bauch geschossen worden wäre, hätte er höchstwahrscheinlich nicht seinen Entführer beschimpft, sondern ganz allgemein geflucht. Wahrscheinlich würde er seine letzten Momente nutzen, um dir zu sagen, wie sehr er dich liebt.«

Melody erschauderte bei dem Bild, das Bakers Worte in ihrem Kopf entstehen ließen. Aber ... er hatte nicht ganz unrecht. »Glaubst du, er wurde beschossen und nicht wirklich getroffen?«, fragte sie und hoffte inständig, dass Baker Ja sagen würde.

Stattdessen presste der Mann seine Lippen aufeinander.

Scheiße.

»Tex ist klug. Und verdammt zäh. Er wird das durchstehen. Genauso wie du. Ihr verlasst euch beide darauf, dass der andere stark bleibt. Dass ihr einen klaren Kopf behaltet. Um zu tun, was getan werden muss«, fuhr Baker fort.

Melody nickte, auch wenn sie sich im Moment alles andere als stark fühlte. »Hat dir das etwas gebracht?«

»Etwas gebracht?«

»Ja. Wie Hinweise oder so?«

Zu ihrer Enttäuschung schüttelte Baker leicht den Kopf. »Nicht wirklich. Aber der Verkäufer an der Tankstelle sagte uns, dass der Junge, der das Band abgegeben hat, eine Nachricht hatte. Er sagte, das Geld solle morgen um Punkt dreiundzwanzig Uhr zur alten Sugar Shack Mill gebracht werden. Keine Bullen, kein FBI, niemand außer dir mit dem Geld.«

Melody war schockiert. »Die Sugar Shack Mill? Das ist mitten im Nirgendwo. Und sie wurde schon vor Langem aufgegeben.«

Baker nickte. »Annie hat eine kurze Suche durchgeführt, als wir mit dem Band auf dem Rückweg waren, und das ist das, was sie aus der Google-Earth-Ansicht und aus anderen Informationen, die sie im Internet gefunden hat, zusammentragen konnte.«

»Moment, will er etwa Bargeld? Selbst ich weiß, dass das unmöglich ist. Erstens gibt es keine Möglichkeit, so viel Geld zu bekommen. Es gibt einfach nicht genügend Bargeld in diesem Staat. Zweitens würden all diese Scheine eine Tonne wiegen. Buchstäblich. Okay, ich weiß nicht genau, wie viel sie wiegen würden, aber das ist lächerlich. Warum sollte derjenige, der John hat, nicht verlangen, dass es elektronisch überwiesen wird?«

Melody fühlte sich viel besser, wenn sie über solche Dinge sprach. Sie hatte keinen Zweifel daran, dass sie das schreckliche Band für den Rest ihres Lebens immer wieder in ihrem Kopf abspielen würde, aber im Moment war sie mehr als bereit, an etwas anderes zu denken als daran, dass ihr Mann angeschossen worden war.

»Weil das Arschloch weiß, dass wir jede Art von Geldtransfer verfolgen können.«

Als Melody aufschaute, sah sie, dass Beth aus dem Keller gekommen war und ihr Gespräch mit Baker belauschte. Alle waren da. Jodelle, Matthew, Annie, Caroline ... und anscheinend sogar Ryleigh von der *Zuflucht* in New Mexico. Beth hielt ein Telefon in der Hand, und der Kommentar kam aus dem kleinen Lautsprecher.

»Aber sie haben es schon vermasselt«, fuhr Ryleigh vom anderen Ende des Landes aus fort. »Ich habe das Band studiert, die Stimmen von den Hintergrundgeräuschen getrennt, die Stimme des Entführer-Arschlochs durch einen Analysator geschickt, und ich habe ein Programm, das bekannte Proben von Drecksäcken aus der ganzen Welt durchsucht, um zu sehen, ob es Übereinstimmungen gibt.«

»Und?«, fragte Matthew ungeduldig.

»Noch nichts, denn ich habe gerade erst angefangen, aber kurz bevor ihr mit dem Band zurückkamt, habe ich die Liste der Leute eingegrenzt, die Tex so sehr hassen, dass sie ihn leiden sehen wollen. Und diejenigen, die über die nötige Intelligenz und die nötigen Verbindungen verfügen, um etwas so Mutiges wie eine Entführung mitten am Tag auf einer sehr öffentlichen Straße zu unternehmen.«

»Frau«, drohte Baker, als er aufstand, Melodys Oberarm in die Hand nahm und ihr sanft auf die Beine half. Der Unterschied zwischen der Art, wie er Melody hielt, und der Irritation in seiner Stimme war extrem.

»Drei Personen: Damien Nightshade, Vincent Coldridge oder Asher Rook.«

»Moment, ich kenne Nightshade«, sagte Matthew schockiert. »Er war Sergeant, als ich bei der Spezialeinheit war. Wir haben eine Operation mit ihm durchgeführt. Ich kann mich nicht mehr erinnern wo.«

»Afghanistan«, sagte Ryleigh. »Und du hast ein gutes Gedächtnis. Ja, er war Sanitäter, und bevor er mit dir und deinem Team arbeitete, arbeitete er mit Tex. Sein Team hatte die Aufgabe, Tex und *sein* Team zu begleiten, als sie eine Hochburg der Bösewichte infiltrierten und versuchten, ein HRZ auszuschalten.«

»Das ist ein hochrangiges Ziel«, flüsterte Caroline Melody zu.

»Ich weiß«, sagte sie.

»Er hat alles in seiner Macht Stehende getan, um die Medaillen abnehmen zu lassen, die Tex und der Rest seines Teams bei dieser Mission verdient hatten, weil er behauptet, dass *sein* Team die Gruppe von Zivilisten gerettet hat, die in das Kreuzfeuer zwischen den SEALs und ISIS geraten war.«

»Er hegt also einen Groll«, kommentierte Matthew.

»Oh ja. Einen verdammt großen Groll«, stimmte Ryleigh zu.

»Und ich kenne Coldridge«, sagte Baker. »Oder ich weiß zumindest *von* ihm. Er hat Verbindungen zur italienischen Mafia in New York.«

Melody wollte fragen, woher Baker jemanden von der Mafia kannte, aber sie beschloss, dass es besser war, es nicht zu wissen. »Warum sollte er etwas gegen meinen Mann haben?«, fragte sie stattdessen.

»Ich weiß es nicht. Aber du kannst darauf wetten, dass ich es herausfinden werde«, entgegnete Baker grimmig.

»Weil Tex bei der Suche nach einem vermissten Teenager einen millionenschweren Waffenhandel aufgedeckt hat, der von Coldridges Familie geführt wurde«, sagte Ryleigh, als würde sie alle über das Wetter in der kommenden Woche informieren. »Das war offensichtlich nicht seine Absicht, aber das Mädchen war mit ihrem Freund weggelaufen, der zum Sicherheitsteam für eine Waffenlieferung gehörte, und als die Polizisten nach dem Mädchen suchten, fanden sie stattdessen einen Haufen Waffen. Coldridge hat Tex das nie verziehen, obwohl er mit der Aufdeckung des Waffenhandels eigentlich nichts zu tun hatte. Sein vermisstes Mädchen war einfach zur falschen Zeit am falschen Ort.«

»Scheiße«, sagte Baker.

Melody stimmte dieser Meinung hundertprozentig zu.

»Und der letzte Typ? Asher Rook? Wer ist er?«, fragte Annie.

»Niemand«, antwortete Beth, bevor Ryleigh es konnte. »Buchstäblich niemand. Er war nicht beim Militär, hat nicht viel Geld oder Einfluss. Verdammt ... er wohnt sogar im Keller seiner Mutter. Er ist dreiundvierzig, derzeit nicht verheiratet, hat keine Kinder und arbeitet nur sporadisch. Seine Lieblingsbeschäftigung ist es, online Videospiele zu spielen.«

»Warum zum Teufel sollte er auf deiner Liste stehen?«, fragte Baker. »Nach allem, was Melody gesagt hat, scheinen die Kerle, die sie und Tex entführt haben, Profis zu sein, und sie wissen genug, um keine elektronischen Kommunikationsmittel zu benutzen, damit sie nicht zurückverfolgt werden können.«

»Nun, vor fünf Jahren verschwand seine Frau einfach. Sie ging zu einem Footballspiel in Pittsburgh und kam nicht mehr nach Hause. Die Polizei hat nie eine Spur von ihr gefunden. Asher wurde verhört, aber es gab keine Beweise, dass er etwas mit ihrem Verschwinden zu tun hatte. Offenbar hatte Rook von Tex gehört und ihn um Hilfe gebeten. Aber zu dem Zeitpunkt steckte er gerade tief in einem Fall und versuchte, jemand anderen zu finden. Er sagte Rook, es täte ihm leid, aber er könne nicht helfen.«

»Haben sie sie jemals gefunden?«, fragte Melody leise.

»Nein«, antwortete Ryleigh. »Nichts. Keine Leiche, keine Anhaltspunkte. Dann, vor etwa einem Jahr, gab es eine Reihe von Aktivitäten im Dark Web von der IP-Adresse von Rooks Mutter aus, die Tex betrafen. Nachforschungen ... Anfragen zu allem, angefangen bei seinem Leben, bevor er in der Marine war, bis hin zu den Missionen, an denen er als SEAL teilgenommen hat, seinen medizinischen Unterlagen und allen Erwähnungen von Tex in den Nachrichten.«

»Das bedeutet nicht, dass Rook involviert ist. Vor allem wenn er keine militärische Erfahrung hat. Wie Baker schon sagte, nach dem zu urteilen, was wir auf den Überwachungskameras gesehen haben, hatten die Leute, die Tex und Melody entführten, Fähigkeiten«, argumentierte Matthew.

»Asher Rook hat einen Intelligenzquotienten von einhundertfünfzig«, sagte Ryleigh.

»Heilige Scheiße, das ist wirklich schlau«, sagte Melody.

»Ganz genau. Der durchschnittliche Intelligenzquotient liegt bei hundert, ein Genie liegt zwischen einhundertzwanzig und einhundertvierzig ... und das sind nur etwa zwei Prozent der Bevölkerung.«

»Warum wohnt der Kerl dann zu Hause und schnorrt bei seiner Mutter?«, fragte Annie. »Er könnte für eine der besten Firmen der Welt arbeiten und einen Haufen Geld verdienen.«

»Keine Ahnung«, sagte Ryleigh, »aber bedenke, dass er auch viele Stunden mit Videospielen verbracht hat. Und seine Lieblingsspiele sind diese militärischen Ballerspiele.«

»Scheiße.«

»Mist.«

»Verdammt.«

Melody stimmte der Einschätzung ihrer Freunde voll und ganz zu.

»All diese Stunden waren also eine Art Recherche für ihn«, sagte Baker. »Denken wir also, dass es Rook ist?«

»Das habe ich nicht gesagt«, entgegnete Ryleigh geduldig.

»Aber du hast es auch nicht *nicht* gesagt«, argumentierte Matthew.

»Hör zu. Es könnte jeder dieser drei Typen sein. Oder jemand, den ich noch nicht gefunden habe«, erklärte Ryleigh ihnen.

»Aber das glaubst du nicht«, sagte Matthew.

»Das glaube ich nicht«, bestätigte Ryleigh. »Ich habe es überprüft und Nightshade und Coldridge haben felsenfeste Alibis. Das heißt nicht, dass sie nicht jemanden oder eine ganze Reihe von Leuten angeheuert haben könnten, um Tex zu entführen, aber es gibt nichts an den beiden, was für sie ungewöhnlich wäre. Keine Anrufe an unbekannte Nummern. Kein Geld, das von einem ihrer Offshore-Konten überwiesen wurde. Sie führen im Moment einfach nur ihr erbärmliches Leben weiter.«

»Und was sind unsere nächsten Schritte? Melody hat recht, wie zum Teufel soll sie so viel Bargeld zum Übergabepunkt bringen?«, fragte Baker.

»Es geht nicht um das Geld. Darum ging es für ihn nie«, sagte Matthew grimmig. »Es geht darum, das Spiel zu gewinnen. Um Rache. Er hat Asher nicht geholfen, seine Frau zu finden, also will er, dass Tex leidet.«

»Er wird John niemals gehen lassen, nicht wahr?«, flüsterte Melody.

Der Ausdruck des Mitgefühls und des Bedauerns auf Matthews Gesicht ließ Melodys Beine fast wieder einknicken.

»Das bezweifle ich«, sagte er nach einem langen Moment.

»Was hat das alles für einen Sinn?«, schrie Melody, die von allem die Nase voll hatte. Sie hatte ihre Belastungsgrenze erreicht. Es war noch nicht so lange her, aber jeder Tag, der verging, kam ihr wie eine Ewigkeit vor. Ein Teil von ihr, ein sehr *kleiner* Teil, hatte Mitgefühl mit diesem Asher. Es musste furchtbar sein, nicht zu wissen, wo seine Frau war oder was mit ihr geschehen war. Er hatte überhaupt keinen Abschluss gefunden. Aber seine Frustration und Wut an ihr und ihrer Familie auszulassen, weil John damit beschäftigt gewesen war, jemand anderen zu retten? Das war inakzeptabel.

»Warum soll ich mitten in der verdammten Nacht Geld in diese verlassene Fabrik bringen, wenn er John nicht gehen lässt?«

»Weil er will, dass *du* auch leidest«, sagte Ryleigh ruhig.

Melody mochte das nicht hören. Es gefiel ihr nicht, dass die andere Frau von der ganzen Situation so unberührt schien.

Sie griff nach der Kaffeetasse, die sie vorhin benutzt hatte, und warf sie so fest sie konnte gegen die Wohnzimmerwand. Sie zersplitterte in tausend Stücke.

»Und ich will, dass es *dich* interessiert!«, schrie sie ins Telefon und wünschte, die Frau, auf die sie ihren Zorn richtete, stünde vor ihr. »Ich will, dass du so klingst, als sei es dir nicht egal, und nicht so, als würdest du aufzählen, was du nachher im verdammten

Supermarkt kaufen musst! Und ich will meinen Mann zurück!«

Keiner sagte ein Wort.

Alles, was Melody hören konnte, war ihr eigenes schweres Atmen. Caroline legte ihre Hand auf ihre Schulter, aber sie schüttelte sie ab. Ihr Blick war auf das Telefon in Beths Hand gerichtet, und sie hoffte, dass die angeblich fantastische Ryleigh – von der John glaubte, sie könne besser hacken als er – etwas sagen würde, das sie aufmunterte.

Stattdessen fühlte Melody sich durch ihre Worte noch schlechter.

»Es interessiert mich. Tex gab mir zum ersten Mal in meinem Leben das Gefühl ... etwas wert zu sein. Als sei ich kein Freak, weil ich weiß, was ich mit einem Computer machen kann. Er sagte mir, er bewundere mich. Wenn seine Töchter nur halb so klug, freundlich und einfallsreich wären wie ich, würde er das als Segen betrachten. Und die Tatsache, dass jemand es gewagt hat, *dich* zu benutzen, um an ihn heranzukommen, macht mich wütend, denn ich wurde auch einmal als Köder und Druckmittel benutzt, genau wie du. Aber wenn ich zu lange darüber nachdenke, kann ich meinen Job nicht mehr machen. Wenn du dich dadurch besser fühlst, werde ich, wenn das hier vorbei und Tex wieder zu Hause ist, völlig zusammenbrechen und wahrscheinlich mehrere Sitzungen mit unserer hauseigenen Therapeutin Henley hier in der *Zuflucht* abhalten müssen.«

»Es tut mir leid. Scheiße, es tut mir so leid. Ich bin eine Zicke«, sagte Melody, und ihre Stimme überschlug sich. »Du hast wahrscheinlich auch nicht viel geschlafen in den letzten drei Tagen, und ich bin undankbar und schrecklich. Ich weiß, dass es dich interessiert. Das ist für jeden der Fall. Denn das ist die Art von Mann, die *John* ist. Er kümmert sich um jeden, will die Welt vor dem Bösen beschützen, also weiß ich, dass die Menschen, die ihm am nächsten stehen, genauso fühlen würden. Ich ... Ich mache mir nur solche Sorgen. Und ich bin frustriert darüber, was ich als Nächstes tun soll.«

»Ryleigh, wo ist Asher jetzt?«

Alle drehten sich um und starrten Annie an. Sie stand ein wenig abseits von den anderen, die Hände zu Fäusten geballt, und sie sah *stinksauer* aus.

»Zu diesem Zeitpunkt bin ich mir nicht sicher. Wie ich bereits sagte, lebt er mit seiner Mutter in einem Viertel nördlich der Stadt Washington. Und warum? Woran denkst du?«

»Menschen mit einem hohen Intelligenzquotienten sind zwar bücherschlau, aber manchmal sind sie nicht gut darin, wenn es darum geht, mit der

Realität umzugehen. Was, wenn er Tex in der Nähe hat?«

»Wie in der Nähe?«, blaffte Baker.

»Ich meine nicht im Haus seiner Mutter, das wäre zu offensichtlich, selbst für ihn. Aber gibt es irgendwelche verlassenen Häuser in der Nachbarschaft oder in angemessener Entfernung? Oder ... ich gehe davon aus, dass er ihn nicht in der Geldübergabefabrik versteckt hat, aber gibt es einen Ort zwischen diesem Ort und seinem Haus, der infrage kommen könnte?«

Sie hörten alle Finger auf einer Tastatur tippen. »Ich weiß es nicht. Ich muss nachsehen«, sagte Ryleigh.

»Wir haben bis dreiundzwanzig Uhr morgen Abend Zeit, uns etwas zu überlegen«, sagte Annie.

»Auf keinen Fall wird Melody zu dieser Übergabe gehen«, sagte Matthew entschlossen.

»Was? Warum nicht? Ich muss es tun!«, rief Melody.

»Nein. Das wird nicht passieren«, widersprach Matthew. »Wenn du glaubst, Tex würde mir oder einem von uns jemals verzeihen, dass wir dich in diesen Schlamassel hineingezogen haben, liegst du falsch. Du wirst hierbleiben, wo du sicher bist.«

»Wenn dieser Asher so schlau ist, wie Ryleigh sagt, dann weiß er, dass Johns Freunde das sagen werden. Er weiß offensichtlich, wo ich wohne, da er uns aus unserer eigenen Straße entführt hat. Er weiß, dass niemand mich zu dieser Übergabe gehen lassen würde. Gibt es einen besseren Weg, mich vor eurer Nase wegzuschnappen, während ihr alle im verdammten Sugar Shack beschäftigt seid?«

»Verdammt. Da hat sie recht«, knurrte Baker. Er knurrte wirklich. In jeder anderen Situation hätte Melody es vielleicht heiß gefunden.

»Und wenn wir den Spieß umdrehen?«, fragte Beth. »Er weiß, dass wir nicht eine Milliarde Dollar in bar zur Übergabe mitbringen werden. Wahrscheinlich wird er nicht einmal dort sein. Wenn Ryleigh recht hat, will er nur Melody verarschen ... und Tex. Ihr könnt also alle möglichen Orte abklappern, von denen Ryleigh glaubt, dass Tex dort versteckt sein könnte, während Melody zum Sugar Shack geht ... nicht allein«, fügte sie schnell hinzu. »Cade könnte mit ihr gehen. Oder vielleicht gibt es einen anderen von Tex' Freunden, der mit ihr gehen könnte.«

»Ich rufe die Jungs an«, sagte Matthew schnell.

»Die Jungs?«, fragte Melody.

»Ja. Abe, Cookie, Dude, Mozart und Benny. Hurt und Cutter bleiben zu Hause, um auf die Familien aufzupassen, nur für den Fall, dass dieser Rook beschließt, seine Arschlochhaftigkeit auszuweiten.«

»Ich bin mir sicher, dass sie etwas zu tun haben«, protestierte Melody, aber tief in ihrem Inneren wusste sie, dass sie sich viel besser fühlen würde, wenn Matthews SEAL-Team bei ihr wäre.

»Ich rufe Truck und auch meinen Dad an. *Niemand* legt sich mit Truck an«, sagte Annie mit einem breiten Grinsen im Gesicht. »Er und ich können uns zusammentun, um alle Orte zu überprüfen, die Ryleigh gefunden hat, und Fletch kann bei dir und den anderen Jungs bleiben, Melody.«

»Wie willst du sie zum Sugar Shack bringen, ohne dass dieser Rook ein Fahrzeug mit sechs ehemaligen Spezialagenten sieht?«, fragte Jodelle.

»Je mehr ich darüber nachdenke, desto mehr denke ich, dass Ryleigh recht hat. Rook hatte nie die Absicht, Melody in dieser verlassenen Fabrik zu treffen. Aber für die einprozentige Chance, dass er doch dort ist, werden wir nur einen unserer Leute zu ihr ins Fahrzeug setzen«, sagte Matthew. »Er wird vorn neben ihr hocken. Die anderen werden sich verteilen und das Fabrikgelände und das Gebäude infiltrieren. Wenn dort jemand ist, werden sie ihn – sie – finden und den richtigen Moment abwarten, um sie auszuschalten.«

Zum ersten Mal fühlte Melody sich ein wenig optimistischer. »Und das Geld?«, fragte sie.

»Das wird so oder so nicht nötig sein. Wenn Rook da ist, nehmen wir ihn fest. Wenn niemand auftaucht, wird das Geld trotzdem nicht benötigt«, sagte Baker.

»Warum hat er nicht angerufen?«, fragte Melody. Dieses Detail störte sie schon lange. »Warum sollte er die Nachricht mit dem Geld mit Hilfe dieses Jungen übermitteln? Wenn er wirklich will, dass ich leide, würde er dann nicht anrufen, um sich damit zu brüsten, dass er John hat? Um ihn noch mehr zu verletzen, während ich live dabei bin?«

»Weil er weiß, dass er auf diese Weise aufgespürt werden kann«, sagte Beth. »Er weiß, was Tex mit allem Elektronischen anstellen kann, und er denkt wahrscheinlich, dass er Freunde hat, die dasselbe tun können. Also meidet er Orte mit Kameras, schickt keine E-Mails oder SMS und ruft nicht an. Er versucht es auf die altmodische Art und Weise und denkt, dass er so unter dem Radar bleiben kann.«

»Idiot«, murmelte Ryleigh durch das Telefon. »Ich werde mich auf die Suche nach Orten machen, an denen Rook Tex verstecken könnte. Ich melde mich wieder. Oh, und übrigens, wir haben neunhundert Millionen an Spenden überschritten.«

Melody schnappte nach Luft. »Heilige Scheiße.«

»Du und Tex müsst euch überlegen, was ihr mit dem Geld macht, wenn er nach Hause kommt«, sagte Ryleigh zu ihr.

»Es zurückgeben!«, sagte Melody, ohne zu zögern. »Wir brauchen es nicht.«

»Nicht so schnell«, erwiderte Baker. »Überleg mal, was Tex mit so viel Geld alles machen könnte. Peilsender, Stiftungen für Vermisste, Schulungen für Polizeidienststellen ... die Möglichkeiten sind endlos.«

Er hatte nicht unrecht. »Aber werden die Leute nicht ihr Geld zurückverlangen, wenn sie herausfinden, dass es gar nicht gebraucht wurde?«, fragte sie.

»Manche vielleicht. Oder weil sie sich absichern wollen und denken, dass er ihnen eher helfen wird, wenn sie ihm Geld geben, falls sie ihn in Zukunft brauchen. Aber ich glaube, die meisten, die gespendet haben, dachten nicht, dass sie das Geld wiedersehen würden. Sie haben es wegen Tex' Vermächtnis getan. Wegen all des Guten, das er in der Welt getan hat«, sagte Jodelle sanft.

Vielleicht weil es Jodelle war, die diese Worte gesagt hatte – eine Frau, die Melody erst vor Kurzem kennengelernt hatte, von deren Existenz sie bis zu dieser beschissenen Situation nicht einmal gewusst hatte, und die mit einem Mann zusammen war, der sie verdammt stark an John erinnerte –, aber Melody begann, ernsthaft darüber nachzudenken, was eine Milliarde Dollar für die Vermissten und Ausgebeuteten dieser Welt alles bewirken könnte.

»Ich kann dir helfen herauszufinden, wo du spenden kannst, wenn du dich für diesen Weg entscheidest«, sagte Ryleigh über das Telefon. »Ich habe selbst viel Erfahrung mit solchen Dingen.«

»Für all das wird später noch Zeit sein«, erklärte Matthew. »Wir haben bis morgen um dreiundzwanzig Uhr Zeit, uns einen Plan auszudenken.«

Melody hatte immer noch keine Ahnung, ob es John wirklich gut ging oder nicht. Der Schuss, den sie auf dem Band gehört hatte, hatte sie zutiefst erschüttert. Aber jetzt, da sie so etwas wie einen Plan hatten, fühlte sie sich ein wenig leichter. Die Möglichkeit, bald wieder mit ihrem Mann vereint zu sein, löste in ihr den Wunsch aus, die Zeit würde schneller vergehen. Sie wünschte sich, es sei jetzt sofort der nächste Abend um dreiundzwanzig Uhr. Damit sie John zurückbekommen konnte.

Natürlich hatte sie das Gefühl, dass es nicht so einfach sein würde, wie sie hoffte. Dass derjenige, der John hatte, sie beide so lange wie möglich leiden lassen wollte. Aber er hatte die Hartnäckigkeit der SEALs, Deltas, Green Berets, Annie und Johns Freunde unterschätzt. Sie würden niemals aufgeben, ihn zu finden und lebend zurückzubringen.

»Halte durch, Schatz. Wir werden dich finden.«

KAPITEL ZEHN

Tex saß im Dunkeln, während die verdammte Musik unvermindert weiterlief, und untersuchte noch einmal vorsichtig die Wunde in seiner Wade. Es tat verdammt weh, aber er glaubte, die Blutung hätte endlich aufgehört. Natürlich würde ihm das nichts nützen, wenn er eine Infektion bekam. Der Gedanke, sein anderes Bein zu verlieren, ließ ihm fast übel werden.

Andererseits hatte er keinen Zweifel daran, dass es Melody egal wäre, ob er ein Bein, einen Arm oder gar keine Arme hätte. Sie interessierte es nur, dass er lebend nach Hause kam.

Tex lag auf dem Rücken und starrte in die Dunkelheit. Er konnte nichts sehen, aber er wollte seine Augen nicht schließen. Er zerbrach sich wieder einmal den

Kopf und versuchte herauszufinden, wer dahinterstecken könnte. Er hatte im Laufe der Jahre viele Leute verärgert, aber er hatte nie das Gefühl gehabt, in Gefahr zu sein.

Einmal hatte er sich mit der New Yorker Mafia angelegt, aber er war sich ziemlich sicher, dass es ihm gelungen war, die Wogen zu glätten. Es war schließlich nicht so, als hätte er die Polizei direkt in einen riesigen Waffenschmuggel hineinziehen wollen. Er wollte nur einen vermissten Teenager zurückbringen.

Nach der Sache mit Khloe Moore und Raiden Walker in Virginia war er auch mit den Drogenkartellen in Mexiko in Konflikt geraten, aber er hatte den Eindruck, dass Pablo Garcia sowieso niemand so richtig mochte. Er hielt ihn für ein hitzköpfiges, arrogantes Arschloch. Und wenn man bedachte, wie viel Zeit er in Amerika im Gefängnis verbracht hatte, hatte er nicht mehr viele Kontakte südlich der Grenze, als er für immer ausgeschaltet worden war.

Andere Situationen schossen Tex durch den Kopf, während er sein Bestes tat, um herauszufinden, wen er genug verärgert hatte, um ihn in diese Situation zu bringen. Und nicht nur das – wer war schlau genug, das durchzuziehen? Das war wahrscheinlich die bessere Frage.

So sehr er sich auch bemühte, Tex konnte sich an

niemanden aus seiner Vergangenheit erinnern, der besonders auffiel. Aber diese Situation hatte ihm vor Augen geführt, dass er viel mehr auf seine Sicherheit und die seiner Familie achten musste. Er arbeitete häufig mit dem Schlimmsten, was die Menschheit zu bieten hatte, und er hasste es, dass es zu Rückschlägen gekommen war. Der einzige Trost war, dass der Rückschlag ihn selbst betraf. Ja, Melody war auch ein Teil dieser Hölle, aber er war erleichterter, als er in Worte fassen konnte, dass sie nicht zusammen mit ihm gefangen gehalten wurde.

Wenn sein Entführer ihn *wirklich* hätte foltern wollen, hätte es damit funktioniert.

Seine Frau sterben zu sehen wäre der Untergang des Mannes. Melody war klug und verdammt zäh. Sie war wahrscheinlich angeschlagen und verletzt – was Tex' Bauch in Aufregung versetzte –, aber sie hatte mit Sicherheit die Truppen zusammengetrommelt. Und obwohl sie nicht jeden kannte, mit dem er in der Vergangenheit zusammengearbeitet hatte, würden seine Freunde wissen, wen sie anrufen mussten.

Die erste Person, die sie wahrscheinlich anrief, war Wolf.

Der Gedanke an seinen alten Freund brachte Tex zum Lächeln. Als er an die Zeit zurückdachte, als er Wolf geholfen hatte, seine damalige Fast-Freundin zu finden, verblasste das Lächeln. Caroline hatte einiges durchgemacht, aber wie Melody – und wie viele andere Frauen, denen er im Laufe der Jahre geholfen hatte – war sie viel zäher, als selbst sie es sich hätte vorstellen können.

Wolf nahm wahrscheinlich den ersten Flug quer durch das Land, um an Melodys Seite zu sein. Er würde sie und seine Mädchen beschützen, daran hatte Tex keinen Zweifel. Er fragte sich, wen Wolf als Kontaktperson wählen würde. Penelope, die Soldatin aus San Antonio, die nun Feuerwehrfrau war? Trigger und sein Team von Deltas? Vielleicht Phantom und seine ehemaligen SEALs? Vielleicht sogar Ghost und seine Deltas. Die meisten der Männer, die er seine Freunde nannte, waren nicht mehr im aktiven Dienst, aber sie waren nicht weniger knallhart. Es gab keinen Mangel an Männern und Frauen, von denen Tex dachte, dass sie nicht zögern würden, ihre Hilfe anzubieten.

Aber wenn es da draußen einen Menschen gab, der aus dieser ganzen beschissenen Situation schlau werden konnte ... dann war es Ryleigh Lodge.

Das Kind – na gut, sie war nicht gerade ein Kind, aber sie war viel jünger als Tex, was sie in seinen Augen zu einem Kind machte – war ein verdammtes Genie. Viel schlauer als Tex. Sie hatte ein schlechtes Blatt bekommen, was ihre Familie betraf, aber sie hatte in der *Zuflucht* in New Mexico eine neue Familie gefunden. Sicherlich würde Wolf an sie denken. Er hatte sie vor Kurzem kennengelernt, als er mit Caroline in *Die Zuflucht* gekommen war und sie in eine riesige Scheiße verwickelt worden waren.

Ryleigh konnte sich in seinen Computer hacken und herausfinden, wer die wahrscheinlichsten Verdächtigen im Hinblick auf seine Entführer waren. Und Tex hatte auch kein Problem damit, dass sie an seine Dateien herankam. Die Frau hatte sich in zahllose Regierungsdatenbanken gehackt und konnte wahrscheinlich mit einem Tastendruck Atomwaffen starten.

Aber sie war auch der vertrauenswürdigste Mensch, den er je getroffen hatte. Und großzügig. Er wusste alles über das Geld, das sie ihrem kriminellen Vater im Laufe der Jahre gestohlen hatte, und wie sie versuchte, es in aller Stille zu verschenken. Darüber hinaus wollte sie einfach nur in Ruhe gelassen werden. Ihr Leben leben.

Der Gedanke an seine Freunde ließ Tex für eine Weile seine aktuelle Situation vergessen. Er vergaß die Musik, die in seinem Schädel dröhnte. Er vergaß die Schmerzen in seiner Wade, die von dem Schuss herrührten. Vergaß, dass er so hilflos war wie nie zuvor. Nackt, in einer Kiste eingesperrt, wo er hungerte und in einen Eimer pinkelte.

Er würde das durchstehen, denn die Alternative war

undenkbar. Er musste nur seine Freunde ihr Ding machen lassen. Und das würden sie auch tun … weil sie eben solche Männer und Frauen waren. Ehrenhaft, loyal und stur wie eh und je.

Dieser letzte Gedanke brachte ihn zum Lächeln. Tex hatte in seinem Leben schon viel Schlimmes erlebt, aber die guten Dinge waren es wert. Wie seine Melody und seine Töchter. Und seine Freunde. Er war gesegnet. Das hier würde zu Ende gehen und das Leben würde weitergehen … hoffentlich mit ihm an der Seite seiner Familie, viel weiser und vorsichtiger, wenn er seinen täglichen Geschäften nachging.

»Ryleigh und ich haben ein paar Möglichkeiten gefunden«, verkündete Beth, als sie durch die Kellertür ins Wohnzimmer stürmte. Melody zuckte erschrocken zusammen, während sie auf der Couch saß und versuchte, nicht vor Nervosität aus der Haut zu fahren.

Es war siebzehn Uhr am nächsten Nachmittag, und sie hatten nur noch sechs Stunden Zeit, bis sie Johns Entführer im Sugar Shack treffen sollte.

Erleichtert, dass Ryleigh und Beth endlich Informationen für sie hatten, wandte Melody sich der zerzausten Frau zu. Sie hatte sich während der letzten zwölf Stunden im Keller verkrochen und sah genauso erschöpft aus, wie Melody sich fühlte ... und wahrscheinlich auch selbst aussah.

Aber sie sah auch süffisant zufrieden aus.

»Wir haben uns drei Möglichkeiten überlegt, die sich gut eignen würden, um jemanden zu verstecken, von dem man nicht will, dass jemand anderes davon erfährt«, fuhr Beth fort. »Ich habe sie auf einer Karte eingezeichnet, kommt her«, befahl sie und ging auf den Küchentisch zu.

Sofort standen alle auf und drängten sich um den Tisch, während Beth eine Karte der Gegend ausbreitete.

»Hier sind wir, in der Stadt Washington«, sagte sie und zeigte auf Melodys Nachbarschaft. »Und hier wohnt Rooks Mutter, gleich nördlich der Stadt. Und schließlich ist da noch das Sugar Shack. Es liegt etwa sechzehn Kilometer östlich von Rooks Haus. Zwischen diesen beiden Orten liegen die drei Orte, die sich unserer Meinung nach perfekt als Versteck eignen würden. Erstens, hier. Das ist eine alte Tankstelle an einer wenig befahrenen Straße. Früher gab es dort viel Verkehr, aber dann wurde die Autobahn gebaut und die Tankstelle war überflüssig. Dort gibt es einen großen Kühlraum, in dem leicht ein Gefangener Platz finden könnte. Offensichtlich ist es kein Kühlraum mehr, denn es gibt keinen Strom, aber es gibt keine Fenster, und man kann ihn von außen abschließen. Rook könnte Tex dort verstecken und sein normales Leben führen, ohne befürchten zu müssen, dass Tex während seiner Abwesenheit entkommen könnte.

Zweitens gibt es ein altes Haus, das zwangsvollstreckt, von der Bank aber nie verkauft wurde, und das dem Verfall preisgegeben wurde. Dahinter befindet sich eine Scheune, die durch Unkraut und Weinreben fast unzugänglich ist. Die Zufahrt dorthin ist mindestens achthundert Meter lang, es ist also sehr abgelegen.

Und zu guter Letzt – wahrscheinlich der unwahrscheinlichste Ort von allen, aber wir dachten, wir sollten ihn erwähnen, weil wir keine Ahnung haben, was dieser Rook-Typ denkt – gibt es ein altes Drogenhaus in einer ziemlich beschissenen Gegend. Es leben zwar noch Leute in der Nähe, aber sie bleiben meist unter sich. Die meisten Bewohner stehen im Register für Sexualstraftäter und wollen nichts mit den Bullen zu tun haben und keine Aufmerksamkeit auf sich ziehen.«

»Was denkst du, wo könnte Tex am ehesten versteckt sein?«, fragte Matthew.

Beth presste die Lippen aufeinander und richtete sich vom Tisch auf. Sie zuckte ein wenig mit den Schultern. »Ry und ich haben darüber gesprochen, und der klügste Ort wäre die Tankstelle. Der Kühlraum ist eine fertige Zelle. Es ist unmöglich, dass Tex dort allein herauskommt. Das alte Haus ist unsere zweite Vermutung, obwohl es auf den Satellitenbildern so aussieht, als sei dort schon lange niemand mehr gewesen. Aber das könnte genau das sein, wonach Rook es aussehen lassen will. Wenn er Tex dorthin gebracht, gut gesichert und zurückgelassen hätte, gäbe es kaum Spuren, die darauf hindeuten, dass jemand dort war. Am riskantesten wäre das Haus in der Gegend mit dem Sex-Register. Zwar würden die meisten Leute aufgrund ihrer Vorgeschichte nicht die Polizei rufen, aber das heißt nicht, dass es *niemand* tun würde. Ein einziger Anruf würde genügen, und der ganze Plan könnte nach hinten losgehen. Und dafür ist Rook zu schlau.«

Matthews Handy vibrierte mit einer SMS und er warf einen Blick darauf. »Die Jungs sind da«, verkündete er.

Melody lächelte dankbar. So beschissen diese Situation auch war, sie konnte es kaum erwarten, Abe, Cookie, Mozart, Dude und Benny wiederzusehen. Sie hatte sie sehr vermisst, und in Gedanken plante sie eine Reise nach Kalifornien, sobald John wieder zu Hause war und sich von seiner Tortur erholt hatte, damit sie auch alle ihre Frauen sehen konnten.

Matthew ging zur Tür und öffnete sie, und plötzlich war der Raum noch voller, als er ohnehin schon war.

Melody lächelte die vertrauten Gesichter breit an, als sie hereinkamen und sofort auf sie zusteuerten. Jeder von ihnen umarmte sie lange, aber sanft, mit Rücksicht auf ihren gebrochenen Arm, und sagte, wie leid ihm die Situation tue.

Sie war sprachlos. Es gab so viel, was Melody sagen *wollte*, aber sie war plötzlich überwältigt und konnte die Worte nicht finden. Dass diese Männer alles stehen und liegen gelassen hatten, um ihr zur Seite zu stehen, wenn sie und John sie am meisten brauchten, war unglaublich.

Jetzt, da sie wirklich darüber nachdachte, hätte sie wahrscheinlich diesen Detective anrufen und ihm mitteilen sollen, was Ryleigh gefunden hatte. Ihn über die vermeintliche Geldübergabe informieren und ihn fragen sollen, ob er für ihre Sicherheit sorgen könne, während sie zum Sugar Shack ging.

Aber sie hatte es nicht getan ... weil sie dem Mann nicht wirklich vertraute. Sie war sicher, dass er kompetent war, aber hier ging es um ihren Mann. Sie konnte sich keine Fehler erlauben, denn sein Leben stand auf dem Spiel. Sie vertraute Matthew, Baker und Johns Freunden. Und vor allem vertraute sie den fünf Neuankömmlingen nicht nur *ihr* Leben an, sondern auch das von John. Wenn sie in die verlassene Fabrik ging und John dort war, wollte und brauchte sie diese Männer an ihrer Seite, und sonst niemanden.

»Danke, dass ihr gekommen seid«, brachte sie schließlich hervor.

»Wir würden nirgendwo anders sein wollen.«

»Natürlich.«

»Wir lieben euch beide.«

»Das ist es, was Freunde tun.«

»Der Mistkerl geht unter.«

Melody konnte nicht anders, als über Dudes letzte Bemerkung zu kichern. Er war normalerweise ziemlich stoisch. Sie wusste, dass er ein Dom war, sie und Cheyenne hatten sich oft genug unterhalten, um zu wissen, dass die sexuellen Vorlieben des Paares ziemlich ... intensiv waren. Ihm ging es darum, das Kommando zu übernehmen. Außerdem schrie alles an Dude nach Ehrenhaftigkeit. Er sah es als persönliche Beleidigung an, wenn Frauen angegriffen oder misshandelt wurden. Er würde genauso wenig eine Frau verletzen, wie er bei einer Mission die Kontrolle verlieren würde. Sein ganzes Leben drehte sich um Kontrolle, und gerade jetzt brauchte Melody seine Stabilität. Seine Kontrolle. Denn es fühlte sich an, als hätte sie keine.

»Wie lautet der Plan?«, fragte Abe.

Bevor Matthew jedoch etwas sagen konnte, klopfte es erneut an der Tür.

Als Melody sich umdrehte, sah sie, wie ein riesiger Mann ihr Haus durch die unverschlossene Haustür betrat, die die ehemaligen SEALs gerade benutzt hatten. Er war einer der größten Männer, die sie je gesehen hatte, und er trug einen finsteren Blick, der die knorrige Narbe an der Seite seines Gesichts noch betonte. Außerdem war er muskulös. Dies war definitiv ein Mann, dem sie nicht in einer dunklen Gasse begegnen wollte ... nicht dass sie viel Zeit in dunklen Gassen verbrachte.

Glücklicherweise wusste sie genau, wer der Neuankömmling war. Sie hatte ihn schon einmal, vielleicht zweimal getroffen. Also flippte sie nicht aus, weil ein knallharter, unheimlich aussehender Fremder gerade in ihr Haus gekommen war.

Bevor sie den Mann begrüßen konnte, stieß Annie einen lauten Schrei aus. »Trucker!«, schrie sie und steuerte direkt auf ihn zu.

Truck – Melody war sich sicher, dass er einen richtigen Namen hatte, aber sie konnte sich im Moment nicht daran erinnern – grinste schief und öffnete seine Arme, als Annie sich hineinwarf.

»Es ist so schön, dich zu sehen, Knirps!«, sagte er und umarmte sie fest.

»Ebenso!«, rief die Frau aus und lächelte zu Truck hoch. »Ich bin ein bisschen traurig, dass Fletch nicht mitkommen konnte, aber da Emily mit einer Blinddarmentzündung im Krankenhaus liegt, hatte er das Gefühl, dass er sie nicht verlassen kann. Ich glaube, es bringt ihn um, nicht hier zu sein, aber es ist wahrscheinlich besser so, denn er sieht mich immer noch als kleines Kind, das gern in dem Panzer, den ihr mir gebaut habt, durch den Garten fährt.«

Sie lächelten einander an, dann, als würden sie sich beide daran erinnern, wo sie waren und warum, wandten sie sich Melody zu und wischten alle Spuren von Belustigung aus ihren Gesichtern.

»Geht es dir gut?«, fragte Truck Melody unwirsch und betrachtete den Gips an ihrem Arm.

»Den Umständen entsprechend«, antwortete sie ehrlich. »Besser, jetzt, da ihr alle hier seid und wir einen Ort haben, an dem wir nach John suchen können.«

Truck schaute sich unter den Männern um. »Wie lautet der Plan?«

Melody konnte sich ein kleines Lächeln nicht verkneifen. Er hörte sich genauso an wie Abe vor ein paar Augenblicken. Das waren Männer der Tat ... was sie voll und ganz befürwortete.

Matthew gab Truck einen kurzen Überblick über das, was Beth und Ryleigh darüber herausgefunden hatten, wer hinter der Entführung stecken könnte, und über die möglichen Orte, an denen John sich aufhalten könnte.

»Ich denke, der Großteil meines Teams wird mit Melody zum Sugar Shack gehen. Ich wette, dass niemand auftaucht, wenn sie dort eintrifft, aber nur für den Fall will ich sichergehen, dass sie gedeckt ist. Tex würde mir den Arsch aufreißen, wenn sie unter unserem Schutz verletzt würde«, sagte Matthew.

Melody war mit diesem Plan mehr als einverstanden. Sie war dankbar, dass sie nicht ganz von den Aktivitäten des heutigen Abends ausgeschlossen wurde. Sie war sich bewusst, dass es allen lieber gewesen wäre, wenn sie dort geblieben wäre, wo sie war – sicher zu Hause –, aber da der Entführer ihr ausdrücklich befohlen hatte, das Geld an den abgelegenen Ort zu bringen, wollte niemand etwas anderes tun als das, was verlangt wurde, nur für den Fall, dass der Entführer auftauchen sollte.

»Baker und Cade können sich die verlassene Tankstelle ansehen, ich fahre mit Dude zum Farmhaus, und Truck, du und Annie könnt euch das Haus in der zwielichtigen Gegend ansehen. Wenn das für alle in Ordnung ist?«

Alle nickten zustimmend.

»Beth, wenn du oder Ryleigh weitere Informationen

erhaltet, die auf den einen oder anderen Ort hinweisen oder auch nur den Eindruck erwecken, dass Tex nicht mehr in der Nähe ist, ruf mich sofort an. Ich werde die Information an die anderen weitergeben.«

»Okay, aber das wird nicht nötig sein. Nicht wirklich. Ich meine, solange jeder sein Handy dabeihat, kann Ryleigh allen gleichzeitig eine SMS schicken. Sie sorgt dafür, dass die Informationen so schnell wie möglich rausgeschickt werden.«

»Richtig, natürlich kann sie das«, sagte Matthew mit einem Nicken. Dann wandte er sich noch einmal an alle im Raum. »Stellt eure Handys auf lautlos. Wir können es nicht gebrauchen, dass ein Klingeln oder Piepsen Rook oder irgendeinen anderen Mistkerl auf unsere Anwesenheit aufmerksam macht. Wir haben noch ein paar Stunden Zeit, bevor wir uns auf den Weg machen müssen. Melody, warum legst du dich nicht hin und schaust, ob du etwas Ruhe findest?«

Melody schnaubte. Das würde nicht passieren. Sie war bereit, *jetzt* zu gehen. Sie wollte nicht bis dreiundzwanzig Uhr warten. Aber sie wusste auch, dass der Schutz der Dunkelheit für die anderen wichtig war, wenn sie nach John suchten. Ja, sie waren alle Sondereinsatzkräfte, aber sie wollten sicher sein, dass sie die Oberhand behielten. Niemand hatte vergessen, dass fünf Personen an ihrer und Johns Entführung beteiligt gewesen waren. Sie könnten mehr Verstärkung anfordern, es gab viele Leute mit militärischer Erfahrung, die gern einfliegen und helfen würden, aber sie wollten nicht bis morgen warten, um etwas zu unternehmen. Also gingen sie einen Kompromiss ein, indem sie die Männer- und Frauenpower, die sie jetzt hatten, aufteilten und warteten, bis es dunkel war, um ihren Zug zu machen.

Sie hätte eigentlich nervöser sein sollen. Sie hätte sich wünschen sollen, dass jemand anderes, höchstwahrscheinlich Annie, sich als sie ausgab und an ihrer Stelle zum Sugar Shack ging. Aber sie musste das tun. Sie musste eine Rolle dabei spielen, John zurückzubekommen. Selbst wenn sich herausstellte, dass sie auf einem Irrweg war und der Entführer nicht die Absicht hatte, sie in der verlassenen Fabrik zu treffen, fühlte es sich immer noch so an, als würde sie helfen. Und Angst hatte sie ganz sicher nicht. Nicht mit Abe, Cookie, Benny und Mozart an ihrer Seite.

»Ich kann nicht schlafen«, sagte sie entschlossen zu Matthew.

Er nickte, als hätte er diese Antwort erwartet.

»Ich möchte mit allen ein bisschen plaudern. Es ist eine Weile her, dass ich euch gesehen habe«, sagte Melody und schaute die Neuankömmlinge an.

Abe kam zu ihr, legte einen Arm um ihre Schultern und umarmte sie seitlich.

Überraschenderweise vergingen die nächsten paar Stunden wie im Flug. Es war schön, sich mit den SEALs aus Kalifornien und mit Truck auszutauschen. Aber als es zweiundzwanzig Uhr wurde und Matthew ankündigte, dass es Zeit sei aufzubrechen, war sie mehr als bereit.

Abe und Cookie hatten alle Seesäcke und Koffer, die sie im Haus finden konnten, auf den Rücksitz von Melodys Wagen gepackt. Nur für den Fall, dass jemand in der verlassenen Fabrik war, wollten sie es so aussehen lassen, als hätte Melody etwas Geld bei sich. Dass sie den Forderungen des Entführers nachkam. Die Seesäcke waren mit Handtüchern gefüllt und die Koffer waren leer. Melody war darauf trainiert worden, so zu tun, als seien sie schwer, wenn sie sie aus dem Wagen holte ... falls es dazu kommen sollte.

Die Anweisungen, die sie für die Geldübergabe erhalten hatten, waren bestenfalls spärlich gewesen. Nur aus zweiter Hand von dem Angestellten an der Tankstelle.

Der Plan sah vor, dass Cookie mit ihr im Wagen saß und die anderen vorausfuhren, ein Stück von der Fabrik entfernt parkten und sich auf dem Gelände umsahen. Wenn jemand dort war, würden sie ihn im

Auge behalten, bis die Person sich bei Melody meldete, sobald sie eintraf. Cookie würde sich auf der Beifahrerseite ihres Wagens hinhocken, um sie zu schützen, falls die Kacke am Dampfen war.

Baker und Cade würden wie geplant zur Tankstelle fahren, um den Kühlraum zu überprüfen und zu sehen, ob John dort versteckt war.

Matthew und Dude würden sich zum Farmhaus begeben ... ebenfalls in sicherer Entfernung parken, um niemanden zu alarmieren, der vielleicht beobachtete, dass jemand kam, und noch einmal sehen, ob sie John finden konnten.

Schließlich würden Annie und Truck in das zwielichtige Viertel gehen. Sie würden nicht so weit entfernt parken müssen wie die anderen beiden Gruppen, da es sich um eine bewohnte Gegend handelte. Aber das machte es auch weniger wahrscheinlich, dass John dort war. Selbst wenn es sich bei den Bewohnern größtenteils um Sexualstraftäter und andere Männer und Frauen handelte, die schon einmal auf der falschen Seite des Gesetzes gestanden hatten, war die Wahrscheinlichkeit, dass jemand etwas Verdächtiges sah und die Polizei rief, höher als an den beiden anderen Orten.

Melody hoffte inständig, dass Ryleigh und Beth recht hatten und John an einem der drei Orte war. Denn die Alternative war undenkbar. Wenn er aus der näheren Umgebung gebracht worden war, würde es noch schwieriger sein, ihn zu finden. Und ohne dass der Entführer mit Melody kommunizierte und ihr mitteilte, was er wollte, war sie sich nicht sicher, wie diese ganze Scheiße ausgehen würde.

Sie wusste aber, dass sie bereit war, es zu beenden. Sie konnte sich nicht vorstellen, einen weiteren Tag, eine Woche, einen Monat oder ein Jahr zu verbringen, ohne zu wissen, wo ihr Mann war. Sie konnte sich nicht vorstellen, Hope sagen zu müssen, dass ihr Daddy »verloren« war. Die Qual, nicht zu wissen, wo er war oder was er durchmachte, war schon nach ein paar Tagen schwer genug. Melody konnte sich buchstäblich nicht vorstellen, wie es sich anfühlen würde, wenn Wochen oder sogar Monate vergingen, ohne dass sie es wusste.

Sie hatte Vertrauen in Johns Freunde. Sie hatte ihn mehr als einmal sagen hören, wie talentiert Ryleigh war. Dass John dachte, sie sei die bessere Hackerin. Melody war sich nicht sicher, ob sie ihm glaubte, aber allein, dass er das sagte, war großartig. Es bedeutete, dass ihr Mann eine Menge Respekt vor der jungen Frau hatte. Sie musste recht haben. Das musste sie einfach.

Melody umarmte jeden einzelnen der anwesenden Männer und Frauen und dankte ihnen dafür, dass sie da waren und taten, was getan werden musste, um John zu finden.

Und sie war nicht überrascht, als alle ihren Dank abtaten. Sie sagten, das sei das, was Freunde taten. Und was John seit Jahren für sie alle tat.

»Es versteht sich von selbst, dass ihr, wenn ihr Tex findet, als Erstes einen von uns verständigen müsst«, sagte Matthew mit strenger Stimme. »Geht nicht allein hinein. Keiner von uns wird weit weg sein, wir können in wenigen Minuten bei euch sein. Tex' beste Chance, hier herauszukommen, ohne dass Rook, oder wer auch immer der Entführer ist, ihn tötet, bevor er gerettet werden kann, besteht darin zusammenzuarbeiten, verstanden?«

Alle nickten zustimmend. Die Worte *ihn tötet* hallten in Melodys Gehirn wider. Sie konnten nicht so kurz vor der Rettung von John stehen, um ihn in letzter Sekunde zu verlieren.

»Und wenn jemand im Sugar Shack ist, lasst es uns so schnell wie möglich wissen«, sagte Matthew zu seinem Team. »Nach den Satellitenbildern zu urteilen, die Ryleigh geschickt hat, wäre das ein hervorragender Ort, um denjenigen zu verhören, der dort das Geld abholen will.«

Melody war von seinen Worten weder schockiert noch abgeschreckt. Sie wünschte sich fast, dass tatsächlich jemand da wäre. Wenn die Männer um sie herum jemanden dazu bringen konnten, ihnen zu sagen, wo

John sich aufhielt, war es ihr egal, wie die Information zustande kam. Für sie würde der Zweck die Mittel heiligen, und der Entführer hatte sich mit seiner Tat selbst das eingebrockt, was auf ihn zukommen würde.

»Lasst uns das tun. Vergesst nicht, Tex um jeden Preis zu schützen«, erinnerte Matthew die Gruppe. »Wir haben keine Ahnung, in welchem Zustand er sein wird, wenn wir ihn finden. Nicht nach all dieser Zeit. Wenn das bedeutet, dass wir Rook oder einen anderen gehen lassen müssen, ist das in Ordnung. Er wird nicht entkommen. Wir werden ihn auf die eine oder andere Weise kriegen. Er kann sich nirgendwo verstecken, wenn Ryleigh und Beth an ihm dran sind. Und sobald Tex sich erholt hat, wird er nicht eher ruhen, bis er seinen Entführer tot oder hinter Gittern sieht. Verstanden?«

Diesmal waren das Nicken und die zustimmenden Antworten etwas weniger enthusiastisch. Melody verstand. Sie wollte auf keinen Fall, dass der Mann, der sie und John entführt hatte, frei herumlief und Pläne schmiedete, es wieder zu tun. Sie wollte nicht in einer Blase leben und ständig über ihre Schulter schauen. Aber Matthew hatte recht. Wenn es bedeutete, den oder die Bösewichte laufen zu lassen, um John zu schützen und ihn zu befreien, dann musste genau das geschehen. John war hier das Wichtigste. Punkt.

Caroline, Jodelle und Beth umarmten sie fest und wünschten ihr Glück, bevor Melody zur Tür hinausging. Sie war mehr als bereit, dies zu tun. Es war besser, als zu Hause herumzusitzen, sich Sorgen zu machen und sich zu fragen, was mit John geschah. Sie hoffte inständig, dass, was auch immer in der nächsten Stunde oder so geschah, diesen Albtraum ein für alle Mal beenden würde.

KAPITEL ELF

Tex hatte keine Ahnung, ob es Tag oder Nacht war. Niemand hatte die Kiste geöffnet, in der er eingesperrt war. Seit ... Stunden? Tagen? Er war hungrig und durstig. Er hatte das Wasser ausgetrunken, das jemand ihm vor einer ganzen Weile hingestellt hatte. Seine Lippen waren rissig, seine Wade schmerzte höllisch und er konnte sie nicht sehen, um den Schaden zu beurteilen, den die Kugel angerichtet hatte. Aber er war nicht zufrieden damit, wie heiß sein Bein sich anfühlte. Und er konnte nicht mehr stehen. Er hatte es versucht.

Die stechenden Schmerzen hatten ihn auf den Hintern fallen lassen, als er das letzte Mal versucht hatte, sein Bein zu belasten. So sehr er es auch hasste, es zuzugeben, aber seine Entführer hatten Tex' Fluchtfähigkeit praktisch ausgelöscht. Selbst wenn die Männer zurückkehrten und die Tür zu seiner Kiste weit offen ließen, würde Tex nicht einmal hüpfen können.

Er biss die Zähne zusammen und schwor sich, dass er, falls sich die Gelegenheit ergab, in Sicherheit *kriechen* würde, wenn es sein musste. Er würde nicht aufgeben, egal wie schwach er geworden war. Der einzige einfache Tag war gestern, das war das Motto der SEALs, und er war schon in schlimmeren Situationen als dieser gewesen. Er musste einfach noch eine Woche, einen Tag, eine Stunde, eine Minute durchhalten.

Das Arschloch, das ihn entführt hatte, wollte etwas. Tex musste noch herausfinden, was genau das war. Aber er war aus einem bestimmten Grund entführt worden, so wie Melody aus einem bestimmten Grund freigelassen worden war. Er hatte sich immer wieder den Kopf zerbrochen, um herauszufinden, wer der Mann war, der ihn auf dem Band angeschossen hatte. Inzwischen hatte Melody die Aufnahme wahrscheinlich erhalten. Und wenn sie sie sich angehört hatte, war sie wahrscheinlich völlig durcheinander. Nicht dass er es ihr verübeln würde.

Er erinnerte sich an die Tonaufnahmen, die sie erhalten hatten, als Caroline entführt worden war. Das verantwortliche Arschloch hatte sich selbst dabei aufgenommen, wie er sie verprügelte. Wie schwer es für Wolf gewesen war, sich das anzuhören. Verdammt, es war auch für Tex schwer gewesen, sich das anzuhören, und er war nicht in diese Frau verliebt. Er hasste es, dass Melody jetzt in der gleichen Situation war. Er betete, dass sie verstehen würde, dass der Schuss nicht tödlich gewesen war. Wenn sie dachte, er sei tot ...

Er konnte den Gedanken nicht zu Ende führen. Es war unbegreiflich. Tex war sich nicht einmal sicher, ob er funktionieren könnte, wenn die Rollen vertauscht wären. Aber seine Melody war ein Fels. Sie würde alle Emotionen überwinden, die das Band hervorrief, und sie würde planen. Oder zumindest seinen Freunden beim Planen helfen.

Zum ersten Mal in seinem Leben konnte Tex nur daliegen und warten. Er konnte sich nicht an der Rettung beteiligen. Nun ... das stimmte nicht ganz. Er konnte am Leben bleiben. Das war im Moment seine Aufgabe. Weiter zu atmen. Sein Herz am Schlagen zu halten. Es war eine seltsame Situation, besonders für jemanden, der es gewohnt war, im Herzen von Missionen zu sein, um Menschen zu finden.

Aber es war ihm nicht peinlich.

Er war nicht beschämt.

Das war Schuldumkehr. Und er hatte nicht das Geringste getan, um sich in diese Situation zu bringen. Manchmal hatten die bösen Jungs die Oberhand. Aber die Zeit seines Entführers würde kommen. Er würde untergehen, zusammen mit allen, die ihm geholfen hatten. Wenn nicht durch seine eigene Hand, dann durch die vielen Männer und Frauen, die Tex überall auf der Welt kannte.

Niemand würde ruhen, bis sie Tex fanden – tot oder lebendig – und die Verantwortlichen zur Rechenschaft gezogen hatten.

Der tiefe Glaube daran half Tex, damit fertigzuwerden. Er war nicht wirklich allein. Körperlich, ja ... aber das Wissen, dass die Leute in dieser Sekunde jeden Stein umdrehten und jedes Stückchen digitaler Information nach denjenigen durchsuchten, die für seine Entführung verantwortlich waren, hielt ihn aufrecht.

Tex holte tief Luft.

Dann noch mal.

Er ignorierte, wie sein Bauch sich verkrampfte.

Er hatte das Gefühl, sein Herz würde in seiner Wade schlagen.

Die Phantomschmerzen in seinem fehlenden Bein, die er seit Jahren nicht mehr gespürt hatte.

Hilfe war unterwegs.

Er musste nur geduldig sein.

Annie Fletcher ballte und löste ihre Fäuste in Erwartung und um sicherzustellen, dass sie geschmeidig blieben. Sie war mehr als bereit für diese Aufgabe. Schon die Ausbildung zum Green Beret war das Schwierigste gewesen, was sie je in ihrem Leben getan hatte. Wenn es nicht ihre Ausbilder waren, die versuchten, sie zum Aufgeben zu bewegen, dann waren es ihre Mitsoldaten. Mit ein paar miesen Entführern konnte sie locker fertigwerden.

Viele Leute glaubten nicht einmal, dass Frauen im Kampf eingesetzt werden sollten, geschweige denn als Soldatinnen einer Spezialeinheit. Aber scheiß drauf. Sie hatte es ihnen allen gezeigt. Und eines Tages würde sie ihren eigenen Zug befehligen. Sie würde Soldaten haben, die sie und ihre Fähigkeiten respektierten. Sie würde die beste Anführerin sein, die sie je erlebt hatten.

Es gab ein paar Leute, die immer an sie geglaubt hatten. Ihre Eltern natürlich. Sie hatten hundertprozentig hinter ihr gestanden. Sie sagten ihr, dass sie alles tun könne, alles sein könne.

Frankie ... der Junge, den sie schon liebte, seit sie sieben Jahre alt war. Sie würde ihn eines Tages heiraten, aber zuerst musste sie sich selbst und der Welt beweisen, dass sie es als Soldatin der Spezialeinheit schaffen konnte, genau wie ihr Vater und seine Freunde.

Apropos, jeder einzelne der ehemaligen Teamkameraden ihres Vaters – sie waren jetzt alle im Ruhestand – war auch ihr Cheerleader. Sie waren unermüdlich mit ihr durch den Hindernisparcours gegangen, hatten sie bei allem abgefragt, was sie auswendig lernen musste, und sie allgemein aufgemuntert, wenn sie sich wegen ihres eingeschlagenen Weges schlecht fühlte. Truck und seine Frau Mary waren ihre treuesten Unterstützer. Sie schickten ihr Care-Pakete und E-Mails und waren immer da, wenn sie jemanden brauchte, mit dem sie über alles reden konnte, was sie beschäftigte.

Und dann war da noch Tex.

Sie hatte ihn seit Jahren nicht mehr gesehen, aber sie erinnerte sich noch daran, was für ein harter Kerl er bei der Hochzeitsfeier ihrer Eltern gewesen war, als einige ... *ungebetene Gäste* auftauchten. Sie hatte ihn immer bewundert und sich auf seinen Rat verlassen. Als sie kurz davor gewesen war, das Green Beret Programm abzubrechen, war es Tex gewesen, der ihr das ausgeredet hatte.

Der Mann hatte ihr im Laufe der Jahre auch viele Peilsender geschenkt, und sie hatte keinerlei Skrupel, einen davon immer bei sich zu tragen. Tex war wie ihr persönlicher Schutzengel, und es war ein großer Trost zu wissen, dass er zu jeder Tageszeit sehen konnte, wo sie sich aufhielt, und dass er immer da sein würde, wenn sie ihn brauchte, ohne Wenn und Aber.

Als sie hörte, dass er entführt worden war, hatte Annie nicht gezögert, Urlaub zu beantragen – nein, zu verlangen –, damit sie nach Pennsylvania reisen und ihm jede erdenkliche Hilfe leisten konnte. Sie war kein Computergenie, aber sie war mehr als fähig, das Können, das sie im Laufe der Jahre gelernt hatte, einzusetzen, um ein Versteck zu infiltrieren und Tex sowohl zu retten als auch zu beschützen, wenn es darauf ankam.

Sie war Wolf sehr dankbar, dass er sie heute Abend mit Truck zusammengebracht hatte. Niemand wusste, ob sich einer der drei Orte, die Ryleigh und Beth vorgeschlagen hatten, als brauchbar erweisen würde. Ob Tex an einem von ihnen zu finden sein würde. Aber sie betete, dass er, falls ja, in dem Haus war, das sie und Truck sich ansehen wollten.

Das schien unwahrscheinlich. Wer würde ein Entführungsopfer mitten in einem belebten Viertel verstecken, wo jeder mitbekommen oder sehen könnte, was vor sich ging? Zwar war es unwahrscheinlich, dass die Nachbarn die Polizei rufen würden, da sie nicht gerade aufrechte Bürger waren und die meisten ihre eigene Vergangenheit mit Autoritätspersonen hatten, aber die Chance war nicht gleich null.

Truck parkte seinen gemieteten Geländewagen hinter einer schäbig aussehenden Tankstelle am Eingang des Viertels. »Ich werde reingehen und ihnen sagen, dass sie meinen Wagen in Ruhe lassen sollen«, sagte er.

Annie wollte am liebsten mit den Augen rollen. Als ob jemandem zu sagen, er solle sich nicht an seinem Zeug vergreifen, ihn dazu bringen würde, sich *nicht* an seinem Zeug zu vergreifen. Aber andererseits war Truck auch ziemlich einschüchternd. Wenn es nicht seine Größe von etwa zwei Metern war, dann war es die Narbe auf seiner Wange, die seine Lippen zu einem ständigen finsteren Gesichtsausdruck verzog.

Sie scherte sich einen Dreck um seine Narbe. Ihr Vater und andere in seinem Umfeld erzählten immer noch gern die Geschichte, wie sie Truck zum ersten Mal getroffen hatte, als sie noch ein kleines Kind war, und wie sie mit ihrer kleinen Handfläche über seine Narbe fuhr und fragte, ob es wehgetan hatte, als es passierte.

»Bleib hier«, befahl Truck, bevor er aus dem Geländewagen stieg und die Tür hinter sich zuschlug.

Annie tat, was er von ihr verlangte, einfach weil sie in ihrem Kopf verschiedene Szenarien durchspielte, wie die nächsten Minuten verlaufen könnten. Was sie sagen könnten, wenn sie jemandem begegneten, während sie den Ort untersuchten, den Ryleigh und Beth als mögliches Versteck ausgemacht hatten. Wie sie sich Zutritt verschaffen könnten.

Was würden sie tun, wenn sie Rook oder Tex oder irgendjemand anderen darin fänden?

Truck war in weniger als einer Minute zurück, und Annie stieg auf der Beifahrerseite aus dem Fahrzeug aus. Sie überprüfte ihre Pistole und vergewisserte sich, dass sie sicher in ihrem Holster am Rücken steckte. Dann überprüfte sie ihr Armeemesser, das in der Scheide an ihrem Oberschenkel steckte. Sie holte die Nachtsichtbrille heraus, die sie in letzter Minute einge-packt hatte, nur für den Fall der Fälle. Und schließlich streichelte sie das kleine Messer, das in einer Tasche steckte, die sie an den Träger ihres Sport-BHs genäht hatte. Sie hatte geübt, es zu werfen, bis sie ein Ziel aus höchstens fünf Metern Entfernung genau in der Mitte treffen konnte.

Ohne ein Wort zu sagen, verschwanden sie und Truck in den Bäumen, die den Parkplatz der Tank-stelle umgaben. Truck ging voran und schritt lautlos durch die Bäume und das Unterholz. Für einen so großen Mann konnte er sich so leise bewegen wie jedes tödliche Raubtier. Annie beobachtete ihn aufmerksam und nutzte dies sowohl als Lernerfahrung für sich selbst als auch als potenzielle Rettungsaktion. Sie konnte immer noch mehr lernen, und von wem könnte sie besser lernen als von dem Besten der Besten?

Sie kamen an ein paar Häusern vorbei, aus denen laute Musik ertönte, aber sie hielten nicht an. Sie unterbrachen etwas, von dem Annie annahm, dass es sich um einen Drogendeal handeln musste, aber als sie und Truck kein zweites Mal hinsahen, setzten die beiden Männer ihr Tun fort. Dies war keine Gegend für Kinder, und zum Glück sah sie keine Anzeichen dafür, dass dort welche lebten. Der Geruch von Gras lag in der Luft, und es herrschte eine Vorahnung, die sich unnatürlich und unheimlich anfühlte. Als würde jeder, der dort wohnte, nur darauf warten, dass etwas Schlimmes passierte.

Als sie sich ihrem Ziel näherten, führte Truck sie zur Rückseite des vermeintlich verlassenen Hauses ...

Nur dass aus dem Inneren ein Licht kam. Es war nicht hell, aber es war trotzdem ein Licht.

»Truck«, sagte Annie, griff nach seinem Arm und hielt ihn mit eisernem Griff fest.

»Ich sehe es«, sagte er in einem fast lautlosen Ton.

Er holte sein Handy heraus und schickte eine kurze SMS. Annie konnte nur annehmen, dass er Wolf erreichen wollte.

»Ich habe ihm gesagt, er solle sich bereithalten. Dass wir noch nichts gefunden haben. Es könnte ein

Hausbesetzer sein, jemand, der sich einen Schuss setzt, oder jemand, der Sex mit einer Prostituierten hat«, sagte Truck mit der gleichen tödlich stillen Stimme.

Annie nickte, aber alle Nervenenden in ihrem Körper sagten ihr, dass derjenige, der in diesem Haus war, nichts von dem tat, was Truck erwähnt hatte. Tex war da drin. Ihr Bauchgefühl sagte ihr, dass sie recht hatte.

»Ich gehe hintenrum und überprüfe die Fenster«, sagte sie. Sie hatte das tonlose Flüstern, das er so gut beherrschte, noch nicht perfektioniert, aber es schien ihn nicht zu stören, dass ihre Stimme ein wenig lauter war als seine.

»In Ordnung. Wenn du etwas findest, schreib erst Wolf und dann mir.«

Annie nickte und zückte ihr Handy. Sie rief die Nachrichten-App auf und klickte auf Wolfs Namen. Sie tippte *Er ist hier* ein, schickte es aber nicht ab. Wenn sie Tex fand, musste sie nur die App erneut öffnen und auf Senden klicken, ohne noch Zeit mit dem Tippen der Nachricht zu verschwenden.

»Wenn er da ist, gehen wir zusammen rein«, fuhr Truck fort. »Du von hinten, ich von vorn. Wenn die Sache schiefgeht, beschützt du Tex. Hol ihn da raus.«

»Was ist mit dir?«, fragte Annie. Sie fühlte ein Feuer in sich, weil sie wusste, dass Truck ihr das Leben von

Tex anvertraute. Er hätte sie leicht damit beauftragen können, denjenigen zu überwältigen, der das Licht im Haus eingeschaltet hatte, aber stattdessen bat er sie, Tex zu retten. Das bedeutete ihr sehr viel. Sein Vertrauen und sein Glaube an ihre Fähigkeiten ließen sie jeden Ausbilder vergessen, der ihr gesagt hatte, dass sie es nie schaffen würde. Jeden Mitbewerber, der ihr sagte, dass sie nie eine Soldatin der Green Berets werden würde.

»Es ist schon eine Weile her, dass ich das gemacht habe, aber niemand legt sich mit Tex an.«

Es war nicht wirklich eine Antwort, andererseits aber doch. »Wir brauchen Antworten«, erinnerte Annie ihn.

»Ich weiß.«

Annie zuckte innerlich mit den Schultern. Es war ihr scheißegal, was Truck mit demjenigen machte, der in diesem Haus war. Ihre einzige Sorge galt Tex. Sie hatte keinen Zweifel daran, dass Truck auf sich selbst aufpassen konnte. Selbst wenn mehr als eine Person in dem Haus war, selbst wenn der Entführer ein ganzes Kontingent von Bösewichten bei sich hatte, die eine verdammte Orgie oder so etwas feierten. Truck würde mit ihnen fertigwerden.

»Sei vorsichtig«, sagte er, kurz bevor sie sich trennten. »Fletch würde mir nie verzeihen, wenn seinem Baby etwas zustößt.«

Annie verdrehte die Augen. »Mach dir keine Sorgen um mich. Mach dir Sorgen um dich ... alter Mann«, stichelte sie.

Truck grinste sie an, dann wurde er wieder ernst. »Zeit, unseren Freund zurückzuholen.«

»Ein SEAL lässt niemals einen SEAL zurück«, sagte Annie. Weder sie noch Truck waren SEALs, aber Tex schon. Und sie würden ihn nicht zurücklassen. Auf gar keinen Fall.

Truck verschwand in der Dunkelheit. In der einen Sekunde war er noch da, und in der nächsten stand Annie allein da. Es war fast unheimlich, wie leise Truck war, wenn man seine Größe bedachte, aber sie hatte keine Zeit, darüber nachzudenken, wie er das machte.

Annie tat ihr Bestes, um im Schatten zu bleiben, und schlich sich an die Rückseite des fraglichen Hauses heran. Das Unkraut und das Gras auf der Rückseite so ziemlich jedes Hauses in der Nachbarschaft waren lang und boten die perfekte Deckung. Mit schnellen Schritten bahnte sie sich ihren Weg direkt hinter das Haus, das eigentlich verlassen sein sollte. Durch keines der Fenster auf der Rückseite des Hauses drang Licht. Annie zog sich das Nachtsichtgerät über die Augen, damit sie in der Dunkelheit sehen konnte, und bewegte sich wie ein Schatten zum ersten Fenster.

Als sie hineinschaute, sah sie etwas, das wie ein

Schlafzimmer aussah. Sie konnte nur Kartons erkennen, die auf einem schiefen Bettgestell gestapelt waren. Der Raum war mit Müll übersät, und auf dem Boden lag etwas, das wie Kot aussah. Sie hielt nicht inne, um sich zu fragen, ob er menschlich oder tierisch war. Scheiße war Scheiße.

Sie ging zu dem einzigen anderen Fenster und versuchte, einen Blick hineinzuwerfen. Zu ihrer Überraschung sah sie nur das schwache Spiegelbild ihres Gesichts, das zurückstarrte. Verwirrt blinzelnd stellte Annie fest, dass dieses Zimmer eine Art Vorhang vor dem Fenster hatte.

Ihr Bauch kribbelte vor Nervosität und Aufregung – denn es gab absolut keinen Grund für geschlossene Vorhänge in einem leeren Haus, vor allem nicht in einem, das aussah, als würde es von irgendjemandem benutzt, der zufällig einen Ort für seine ruchlosen Aktivitäten brauchte –, und sie zog ihr Telefon heraus.

Schnell schickte sie die SMS, die sie getippt hatte, an Wolf. Sie war sich sicher, auch ohne einen absoluten Beweis zu sehen, dass Tex auf der anderen Seite dieser Vorhänge war. Darauf würde sie ihren Ruf als Green Beret verwetten. Dann schickte sie eine SMS an Truck.

Ja.

Ein Wort. Das war alles, wofür sie Zeit hatte, aber Truck würde es verstehen. Sie war sich ziemlich sicher, dass er bereits dasselbe dachte wie sie – dass Tex dort war.

Annie hatte hier einige Möglichkeiten. Das Glas einschlagen und denjenigen, der sich vor dem Haus aufhielt, darauf aufmerksam machen, dass möglicherweise jemand versuchte, seinen Gefangenen zu befreien, was ihnen allen das Leben schwer machen würde. Oder sie drückte die Daumen und hoffte inständig, dass derjenige, der die Vorhänge vor dem Fenster zugezogen hatte, sich nicht die Mühe gemacht hatte, das Schloss zu überprüfen.

Mit angehaltenem Atem drückte Annie von unten gegen das Fenster.

Zu ihrem Erstaunen und ihrer Freude bewegte es sich nach oben.

Idioten! Das Fenster war nicht verschlossen!

Zu diesem Gedanken gesellte sich die Sorge. Wenn das Fenster nicht verschlossen und Tex drinnen war, hätte er jederzeit herauskommen können. Selbst wenn er gefesselt oder verletzt gewesen wäre, er war ein SEAL. Ja, er war alt – ihr Vater würde ihr in den Arsch treten, wenn er jemals davon Wind bekäme, dass sie Tex für *alt* hielt, denn er war nicht weit von seinem Alter entfernt –, aber er hätte auf keinen Fall einfach nur herumgesessen und auf Rettung gewartet, wenn er sich selbst hätte befreien können.

Aber die Tatsache, dass er noch nicht entkommen war, war kein gutes Zeichen. Selbst sie wusste das. Wahrscheinlich war er auf irgendeine Weise außer Gefecht gesetzt. Ihr war zum Kotzen zumute, aber sie verdrängte diese Gefühle. Sie hatte hier eine Aufgabe zu erfüllen, und sie würde nicht versagen.

Annie zweifelte zum ersten Mal an ihren Instinkten und bereute es, diese SMS geschickt zu haben, bis sie sich völlig sicher war, dass Tex im Haus war. Jetzt war es zu spät. Sie konnte nur den Vorhang beiseiteschieben und selbst sehen, ob ihr Bauchgefühl und ihr Training richtig waren.

Sie wollte gerade die Vorhänge bewegen, als sie feststellte, dass sie irgendwie an den Seiten und an der Stelle, wo sie sich in der Mitte trafen, befestigt waren. Sie drückte fester und erkannte, dass sie mit Klebeband am Fensterrahmen befestigt waren. Aber die Unterseite war nicht so befestigt wie die Seiten.

So schnell, wie sie es wagte, und gleichzeitig in dem Versuch, kein Geräusch zu machen, löste Annie das Klebeband von einer Seite des Vorhangs, weg von der Wand, und sah zum ersten Mal in den Raum hinein.

Sie war verwirrt. Das Zimmer war leer. Kein Müll auf dem Boden wie im anderen Zimmer. Keine Kartons. Keine Möbel außer einem Stuhl in der Mitte des Raumes. Als sie ihn etwas länger anstarrte, konnte

Annie sehen, dass an den hinteren Latten Kabelbinder hingen.

Scheißkerl. Sie hatte sich nicht geirrt. Tex war hier. Oder er war es einmal gewesen. Wahrscheinlich war er genau an den Stuhl gefesselt gewesen, auf den sie gerade schaute. Die Zimmertür war geschlossen, und sie nutzte die Gelegenheit, um sich am Fenster hochzudrücken und sich in den Raum zu schleichen. Unter dem Fenster kauernd hielt Annie inne und wartete. Sie lauschte.

Zu ihrer Verwirrung hörte sie Musik, die von irgendwoher kam. Sie war schwach, aber jetzt, da sie im Zimmer war, war sie viel deutlicher zu vernehmen als auf der anderen Seite der Vorhänge draußen.

Und jetzt konnte sie auch sehen, was sie vorher nicht gesehen hatte. Jemand hatte eine falsche Wand gebaut.

Nein, es war keine Wand. Es war eine Kiste.

Ihre Augen weiteten sich und Annie setzte sich in Bewegung, ohne an die Konsequenzen zu denken. Sie versuchte nicht mehr, sich zu verstecken, entsetzt über das, was sie sah. Das Holz der Kiste war schwarz gestrichen worden, weshalb sie sie nicht sofort erkannt hatte. Es verschmolz mit der Dunkelheit des Raumes. Und außerdem konnte sie jetzt, da sie direkt danebenstand, die Musik besser hören. Sie kam aus dem *Inneren* der Kiste.

Scheiße! Sie hatte keine Zweifel mehr. Dies war Tex' Gefängnis, und sie wollte ihn da rausholen, verdammt. Aber wie sollte sie das anstellen, ohne denjenigen zu alarmieren, der sich im anderen Zimmer befand? Sie würden die Musik hören, sobald sie die Kiste öffnete.

Ein Geräusch vor der Tür ließ Annie herumwirbeln, die Waffe instinktiv in der Hand, als sie sich hinkniete und sie auf die Tür richtete. Aber Sekunden später erkannte sie, dass derjenige, den sie hörte, niemand war, der hereinstürmen wollte.

Dieses Geräusch war Truck, der mit demjenigen kämpfte, dem er begegnet war.

Jetzt war ihre Chance, während Truck mit demjenigen beschäftigt war, der auf der anderen Seite der Tür war.

Annie steckte ihre Pistole ein und wandte sich wieder der Kiste zu. An der kleinen Tür befanden sich zwei Vorhängeschlösser, die sie oben und unten verschlossen hielten. Ein Kinderspiel.

Sie griff in eine ihrer Hosentaschen und holte das Werkzeug zum Knacken von Schlössern heraus, das sie immer bei sich trug und mit dem sie fast so leicht umzugehen gelernt hatte wie andere mit einem normalen

Schlüssel. Das erste Schloss war schnell geknackt, dann kniete sie sich hin, um auch das zweite zu knacken. Vermutlich waren zwanzig Sekunden vergangen, was sich für Annie wie eine Ewigkeit anfühlte.

Sie wollte sich vergewissern, dass es Truck gut ging, ihm helfen, wenn es nötig war, aber ihre Verantwortung lag bei Tex. Ihn zu beschützen und ihn da rauszuholen. Truck würde ihr nie verzeihen, wenn sie ihre Aufgabe nicht erfüllte.

Als sie die Tür aufriss, schien die Musik, die von außen kaum zu hören war, jetzt besonders laut zu sein. Annie zuckte zusammen und versuchte, in die Dunkelheit zu sehen. In dem kleinen Raum gab es kein Licht, und sie brauchte einen Moment, um zu begreifen, was sie da sah.

Tex.

Er lag auf der Seite und hatte sich im hinteren Teil des Raumes zu einem Ball zusammengerollt. Er war völlig nackt und seine Prothese fehlte. Aber es war die Tatsache, dass er sich nicht bewegte, als sie die Tür öffnete, die Annie Sorgen machte.

Sie konnte dunkle Flecke auf dem Boden sehen und den Eimer mit Hinterlassenschaften riechen, den Tex für seine körperlichen Bedürfnisse benutzt hatte. Aber sie ignorierte das, als sie sich leicht bückte, um in die Zelle zu gehen.

»Tex?«, flüsterte sie, aber der Mann auf dem Boden antwortete nicht. Sobald sie sprach, wurde ihr klar, dass er sie bei dem Lärm der Musik ohnehin nicht hören würde. Es war nicht nötig, so leise zu sein. Niemand würde etwas in diesem Raum hören, genauso wenig wie Tex etwas außerhalb des Raumes hören konnte.

Hass stieg in Annie auf. Der Anblick ihres Idols, das regungslos und verletzt dalag, weckte in ihr den Wunsch, diejenigen zu töten, die ihm das angetan hatten.

»Tex beschützen. Das ist deine Aufgabe«, murmelte sie vor sich hin.

Sie musste ihn von hier wegbringen. Raus aus dieser Hölle. Dann konnte sie eine medizinische Untersuchung durchführen. Herausfinden, was getan werden musste, um ihm zu helfen.

Ohne zu zögern und ohne sich über die fehlende Kleidung Gedanken zu machen, holte Annie tief Luft – was sie sofort bereute, da die Luft in dieser Kiste nicht gerade frisch war – und beugte sich über den überlebensgroßen Tex. Nur dass er in diesem Moment nicht überlebensgroß war. Sogar Annie konnte sehen, dass er in den Tagen, in denen er vermisst worden war, abgenommen hatte. Noch etwas, wofür man diese Mistkerle zur Rechenschaft ziehen musste.

Wie sie es schon so oft in der Ausbildung und

während der Hölle der Green-Beret-Qualifikation getan hatte, hievte sie Tex über ihre Schultern, wobei sein Kopf auf einer Schulter und sein Oberkörper auf ihrem oberen Rücken ruhte und sein Bein auf ihrer anderen Seite baumelte. Er wog tatsächlich weniger als die Puppen und Männer, die sie in der Ausbildung hatte tragen müssen.

Annie bewegte sich vorsichtig aus der Kiste heraus. Sie hatte alle Hände voll zu tun, und es wäre schwierig – nicht unmöglich, aber schwierig –, sie beide zu schützen, wenn jetzt jemand in den Raum stürmen würde. Aber die Tür blieb geschlossen. Annie ging auf das Fenster zu.

»Tut mir leid, Tex«, sagte sie, bevor sie sich aus dem Fenster lehnte und ihn quasi auf das Gras darunter fallen ließ. Es beunruhigte sie, dass er noch nicht wieder zu sich gekommen war. Sie hatte keine Ahnung warum, aber sie wusste, dass er nicht tot war. Sein Körper war warm. Fast *zu* warm.

Schnell kletterte sie aus dem Fenster, hob Tex wieder hoch und legte ihn sich auf die Schultern.

Die Erleichterung, die sie überkam, als sie spürte, wie Tex sich rührte, als sie sich in den Schutz der Bäume zurückzog, war immens.

»Tex?«, fragte sie in einem Tonfall, der lauter war, als ihr lieb war, aber immer noch kaum mehr als ein Flüstern. »Ich bin's, Annie. Ich habe dich. Du bist jetzt in Sicherheit.«

»Annie?«, krächzte der Mann über ihren Schultern in ihr Ohr. Das Wort war zu laut. Die Musik, die aus der Kiste dröhnte, hatte sein Gehör geschädigt, und er hatte wahrscheinlich keine Ahnung, wie laut er sprach.

Annie legte ihn auf den Boden und legte eine Hand auf seine Lippen, sah ihn stirnrunzelnd an und schüttelte den Kopf.

Er nickte verständnisvoll. Dann sagte er mit einer Stimme, die fast zu leise war, als dass sie sie hören konnte: »Gott sei Dank haben sie die Beste der Besten geschickt.« Er hatte offensichtlich verstanden, dass er leise sein musste, war aber immer noch nicht in der Lage, seine Sprache zu regulieren, weil sein Gehör so beeinträchtigt war.

Trotzdem konnte Annie nicht verhindern, dass sich ein Grinsen auf ihren Lippen ausbreitete. Natürlich streichelte Tex ihr Ego mitten in seiner eigenen verdammten Rettungsaktion.

Sie bedankte sich in Gebärdensprache, da sie nicht riskieren wollte, dass jemand mithörte, wenn sie sprach.

Zu ihrer Freude – es hätte sie eigentlich nicht überraschen sollen, aber das tat es trotzdem – antwortete Tex in Gebärdensprache: *Wie geht es Melody?*

Sie wollte schon antworten, doch aus dem Haus, das sie gerade verlassen hatten, ertönten Schüsse. Annie war sich nicht sicher, was passiert war, und sie wollte nicht, dass Tex von einer verirrten Kugel getroffen wurde. Es wäre schlimm, entführt und tagelang gefangen gehalten zu werden, nur um dann bei der Rettung versehentlich erschossen zu werden.

Annie wollte Tex auf keinen Fall zur Tankstelle zurückbringen, wie es ihr ursprünglicher Plan gewesen war. Sie wollte sich vergewissern, dass die Gegend sicher war. Dass ihnen niemand auflauerte. Sie würde sich einfach hier verstecken und darauf warten, dass Truck oder Wolf oder sonst jemand ihr per SMS Entwarnung gab. Und sie hatte keinen Zweifel daran, dass genau das passieren würde, wenn sie weder sie noch Tex im Haus oder in der unmittelbaren Umgebung finden würden.

Weitere Schüsse ertönten, und Annie hockte sich mit gezogener Pistole vor Tex und zielte in die Richtung der Schüsse. Nur über ihre Leiche würde jemand Tex wieder mitnehmen. Das würde verdammt noch mal nicht passieren.

Ihre Aufmerksamkeit war zwischen der Richtung des Hauses und ihrer unmittelbaren Umgebung geteilt. Es war zwar unwahrscheinlich, dass sich jemand an sie heranschleichen konnte, aber die

Möglichkeit bestand. Sie vermisste es, jemanden in ihrem Rücken zu haben.

Kaum hatte sie den Gedanken, spürte sie, wie ihr Armeemesser aus der Scheide an ihrem Oberschenkel gezogen wurde. Da sie hörte, wie Tex unter der Anstrengung der Bewegung stöhnte, wusste sie, dass er es war. Ein warmer Schauer durchfuhr sie. Sie hatte sich gerade gewünscht, dass jemand ihr den Rücken freihielt, und da war Tex ... und hielt ihr den Rücken frei.

Sie hatte gedacht, er sei zu benommen. Zu verletzt. Zu schwach, um eine große Hilfe sein zu können. Was für eine Idiotin sie doch war. Tex war durch und durch ein Kämpfer. Er wäre nur dann zu schwach, wenn er tot wäre, und selbst dann würde er einen Weg finden, ihr zu helfen, dachte sie.

Eine Minute oder so verging, und weder Annie noch Tex bewegte sich. Sie waren beide in Bereitschaft und warteten darauf, dass etwas passierte. Als ihr Handy in ihrer Tasche vibrierte, erschrak Annie zu Tode. Sie wollte am liebsten über sich selbst lachen. Sie war eine Soldatin der Spezialeinheit und hatte Angst vor einem verdammten Mobiltelefon.

Langsam griff sie mit ihrer freien Hand in ihre Gesäßtasche und zog ihr Handy heraus. Als sie nach unten blickte, sah sie eine SMS von Truck.

Alles sauber.

Erleichterung überkam sie. Sie hatte keine Ahnung, ob er verletzt war, ob Wolf und die anderen aufgetaucht waren, oder ob die Person, die Tex entführt hatte, in Gewahrsam genommen worden war. Aber wenn Truck sagte, die Luft sei rein, war es sicher, Tex medizinisch zu versorgen.

Annie überlegte kurz, ob sie direkt zum Geländewagen oder zurück zu dem Haus gehen sollte, in dem Tex gefangen gehalten worden war. Truck half, indem er eine weitere SMS schickte.

Wir treffen uns beim Wagen.

Perfekt.

Annie wandte sich an Tex und gebärdete: *Truck sagt, es ist alles in Ordnung. Wir gehen zum Fahrzeug und lassen dich medizinisch versorgen.*

Ohne zu zögern, antwortete Tex: *Truck ist hier?*

Annie grinste und nickte. *Und Wolf. Und der Rest seines Teams. Und Baker. Und Beth und ihr Mann.*

»Verdammt«, sagte Tex laut, und seine Stimme klang nun viel gemäßigter. Die Zeit abseits der dröhnenden Musik hatte ihm gutgetan, und es sah so aus, als würde sein Gehör sich wieder normalisieren.

»Kannst du laufen, wenn ich dir helfe?«, fragte Annie. Sie hatte sich sein Bein noch nicht richtig ansehen können. Sie hatte sich mehr Sorgen gemacht, dass ein Feind durch die Bäume kommen und Tex erneut schnappen könnte. Außerdem war es immer noch dunkel, und das Licht reichte gerade aus, um einander zu sehen und sich per Gebärdensprache zu verständigen.

»Nein.«

Tex sah nicht glücklich über seine Antwort aus, aber Annie war erleichtert, dass er ehrlich zu ihr war.

Sie nickte, steckte die Pistole zurück in ihr Holster am Rücken und stand auf. »Willst du das behalten?«, fragte sie und nickte in Richtung des Messers, das Tex immer noch in seinem Griff hielt.

»Ja.«

»In Ordnung. Aber stich mich nicht aus Versehen damit. Es ist verdammt scharf«, sagte sie.

Tex grinste. »Braves Mädchen.«

Sie rollte mit den Augen. Sie beugte sich vor, hob einen der Männer auf der Welt, den sie über alles bewunderte, hoch und hievte ihn mühelos auf ihre Schultern zurück. »Halt dich fest«, sagte sie unnötigerweise.

Sie bewegte sich schnell, aber leise – wenn auch nicht so leise, wie Truck sich bewegen konnte – und ging zurück zu der Tankstelle, wo sie den Geländewagen abgestellt hatten. Als sie sich dem Gebiet durch die Bäume näherte, konnte sie mehrere Leute sehen, die auf sie warteten.

Baker war da, ebenso wie Benny und Mozart. Truck war nirgends zu sehen. Er musste noch im Haus sein. Gerade als sie diesen Gedanken hatte, hörte sie in der Ferne Sirenen ... die näher kamen.

Baker sah sie und Tex zuerst. Er löste sich von den anderen und kam schnell und hart auf sie zu. »Lagebericht!«, blaffte er.

»Mir geht es gut«, antwortete Tex, bevor Annie es tun konnte. »Schusswunde in der Wade, die sich entzündet hat. Dehydriert, völlig fertig, wahrscheinlich ein paar geprellte Rippen, die im Moment nicht so wehtun, dank allem anderen. Hungrig und höllisch schwach, aber am Leben ... dank Annie.«

»Ich nehme ihn«, sagte Mozart. Er und Benny waren dem älteren Mann gefolgt.

»Nein. Mir geht es gut, wo ich bin«, sagte Tex entschieden.

Wieder schoss Wärme durch Annie. Tex vertraute ihr, dass sie zu Ende bringen würde, was sie begonnen hatte. Sie brauchte niemanden, der für sie einsprang. Sie konnte Tex noch mindestens ein paar Kilometer tragen, wenn es sein musste. Sie hatte für so etwas trainiert, und sie war dankbar, dass er verstand, wie respektlos es wäre, wenn die Männer versuchten, die Führung zu übernehmen.

»Tex? Du weißt, dass du nackt bist, oder?«, fragte Benny, wobei seine Worte von Humor durchzogen waren.

»Wirklich? Wow, danke, dass du mir das sagst«, entgegnete Tex sarkastisch.

»Verdammte Entführer«, murmelte Mozart leise.

»Mein Bein haben sie auch genommen. Das ärgert mich mehr«, sagte Tex, als würden sie bei einem Kaffee plaudern. »Wenn jemand es finden kann, wäre ich dankbar. Das Ding war nicht billig.«

»Schon dabei«, erklärte Baker, während er mit den Daumen über den Bildschirm seines Handys fuhr, als sie alle zum Geländewagen gingen.

»Was ist in dem Haus passiert?«, fragte Annie, deren Neugierde sie übermannte, jetzt, da Tex in Sicherheit war.

»Truck ist passiert«, sagte Baker und seine Lippen zuckten nach oben. »Und es war übrigens tatsächlich Asher Rook. Gott sei Dank. Denn ich wollte mich wirklich nicht mit der Mafia anlegen. Ich hätte es getan, aber es ist gut, dass ich es nicht tun muss. Das Arschloch saß im Dunkeln, nur eine kleine Lampe bei sich, und spielte ein verdammtes Videospiel. Als hätte er nicht ein menschli-

ches Wesen in einer Kiste im Raum hinter sich eingesperrt. Er war sich so sicher, dass er nicht erwischt werden
würde, dass er ganz lässig *This is War* gespielt hat.«

»Unverschämtheit. Harley wird stinksauer sein,
wenn sie das hört«, sagte Annie, da sie genau wusste,
wie sich die Frau eines der Delta-Kameraden ihres
Vaters fühlen würde, wenn sie herausfand, dass der
Mann, der Tex entführt hatte, einige seiner Taktiken
aus dem Videospiel gelernt hatte, das sie mit entwickelt
hatte. Das würde sie unendlich wütend machen.

»Und die Schüsse?«, fragte Tex. »Ist jemand
verletzt?«

»Rook hatte eine Pistole neben sich liegen, und als
Truck die Tür eintrat, hob er sie auf und schoss blind-
lings«, berichtete Baker.

»Amateur«, murmelte Mozart.

»Komplett daneben«, stimmte Benny zu. »Aber das
gab Truck einen Grund zurückzuschießen. Das Arschloch ging zu Boden wie ein Stein ... heulte wie ein Baby
und bestand darauf, dass er einen Krankenwagen
bräuchte.«

Bennys Worte machten Annie wütend. »Oh, sicher.
Er will ärztliche Hilfe, aber als er Tex angeschossen hat,
war es ihm scheißegal. Was für ein erbärmliches Exem-
plar. Was ist mit den anderen Männern, die bei der

Entführung geholfen haben? War keiner von ihnen da?«

»Nein, nur Rook«, bestätigte Baker.

»Aber die Jungs sind jetzt dort und werden herausfinden, wer sie waren … Namen, Adressen … alles, was sie wissen müssen, um sie zu finden und sicherzustellen, dass sie auch für ihre Taten bezahlen«, sagte Mozart.

In diesem Moment fuhren drei Streifenwagen an der Tankstelle vorbei, ihre Sirenen heulten auf und die Lichter erhellten kurzzeitig die Umgebung des Geländewagens, bevor es wieder dunkel wurde.

»Scheiße. Werden sie Ärger bekommen?«, fragte Annie und starrte den Fahrzeugen hinterher. Sie konnten alle hören, wie die Sirenen in das Viertel einbogen, in dem Tex festgehalten worden war.

»Nein. Truck hat eine Körperkamera getragen. Notwehr«, sagte Baker.

»Aber was ist mit dem Verhör?«, drängte Annie. Es konnte nicht sein, dass Truck, Wolf und die anderen nicht jedes Mittel nutzen würden, um die gewünschten Informationen zu bekommen. Sie mochten zwar im Ruhestand sein, aber sie waren die Besten der Besten, wenn es darum ging, Informationen aus Menschen herauszuholen. Sie musste es wissen, denn als sie aufwuchs, hatte sie ihren Vater nie belügen können. Er konnte sie immer dazu bringen, ihr Herz auszuschütten, wenn sie dummes Zeug machte, wie zum Beispiel darüber zu lügen, wo oder mit wem sie zusammen gewesen war.

Baker hob eine Augenbraue. »Glaubst du, die wären so dumm, das aufzunehmen?«

Annie lachte. »Stimmt. Nein.«

»Meint ihr, ihr könnt mich demnächst in ein Krankenhaus bringen?«, fragte Tex so beiläufig, als wollte er sich nach der Uhrzeit erkundigen.

»Scheiße«, sagte Baker und griff nach der Hintertür des Geländewagens.

Annie hatte dasselbe schlechte Gewissen. Sie war so hungrig nach Informationen darüber gewesen, was in dem Haus passiert war, dass sie fast vergessen hätte, dass sie einen nackten und verwundeten Tex trug.

Sie ließ eine Schulter sinken und schaffte es, ihn auf den Rücksitz zu setzen. Benny zog sein T-Shirt aus, und Tex legte es sich über den Schoß und nickte ihm dankend zu. Mozart lief auf die andere Seite und setzte sich neben Tex auf den Rücksitz.

»Steig ein«, befahl Baker Annie und deutete mit dem Kopf auf den Vordersitz.

»Ich wollte zurück ins Haus gehen«, protestierte sie.

»Nein. Du fährst mit uns ins Krankenhaus. Truck

will deine Verbindung zu dieser Sache so weit wie möglich herunterspielen.«

Annie nickte. Es verstieß nicht gegen die Regeln des Militärs, wenn sie sich an der Rettung eines Zivilisten beteiligte, aber sie wollte nicht noch mehr Aufmerksamkeit auf sich ziehen, wenn sie es vermeiden konnte. Das Leben als weiblicher Green Beret war so schon hart genug.

»Weil du noch im aktiven Dienst bist. Keiner will, dass du im Rampenlicht stehst.«

Das machte Sinn. Annie wollte nicht, dass die Armee das irgendwie gegen sie verwendete. Sie hatte nichts mit der Schießerei zu tun, also sollte es keine Rolle spielen.

»Steig ein, Annie«, sagte Tex entschlossen. »Du musst Melody für mich anrufen. Ihr sagen, dass es mir gut geht. Bei ihr sein, wenn sie ins Krankenhaus kommt.«

»Ja, Sir.« Sie joggte um den Geländewagen herum und setzte sich auf den Vordersitz. »Was ist mit dir, Benny?«, fragte sie.

»Ich bin auf dem Weg zum Haus. Ich halte euch alle auf dem Laufenden, was passiert.« Und dann war er weg und verschwand in denselben Bäumen, aus denen Annie gekommen war.

Baker setzte sich hinter das Lenkrad des Geländewagens und fuhr so schnell hinter der Tankstelle hervor, dass Annie sich am Oh-Scheiße-Griff festhalten musste, um nicht quer durch das Fahrzeug zu fliegen.

»Haltet euch da hinten fest. In drei Minuten sind wir im Krankenhaus«, informierte Baker alle.

Einen langen Moment sagte niemand etwas. Mozart war damit beschäftigt, Tex' Schusswunde zu begutachten, was im Dunkeln und bei Bakers Fahrweise nicht einfach war.

Tex' Stimme durchbrach die Stille, die die Insassen umgab.

»Danke«, sagte er, seine Stimme voller Emotionen. »Das Gefühl, hilflos zu sein, habe ich noch nicht oft erlebt, und ich möchte es auch nicht so bald wieder erleben.«

»Heilige Scheiße, hat Tex gerade Danke gesagt?«, fragte Baker leise.

Annie dachte dasselbe.

»Das habe ich. Und ich sage es noch einmal. Ich danke euch. Ich stehe tief in eurer Schuld.«

»Nein, tust du nicht«, entgegnete Mozart streng. »Du hast unzähligen Menschen aus denselben Situationen geholfen. Du hast mir, Baker, Wolf ... und Hunderten von anderen Menschen geholfen. Es ist mir eine Ehre, den Gefallen zu erwidern.«

»Trotzdem habe ich das Gefühl, dass ich euch allen nicht genug danken kann. Das ...«

»*Nein*«, unterbrach Mozart ihn. »Schluss jetzt. Wir werden denken, dass diese ganze Erfahrung dich seelisch geschädigt hat, wenn du dich plötzlich bei allen bedankst.«

Alle im Wagen lachten, auch Tex.

»In Ordnung. Nachricht ist angekommen.«

»Außerdem, wenn du versuchen würdest, allen zu danken, die dir Geld geschickt haben, würdest du Monate, ja sogar Jahre brauchen«, informierte Annie ihn.

»Was meinst du?«, fragte er.

»Es ist viel passiert, seit du entführt wurdest«, informierte Baker seinen ehemaligen SEAL-Kameraden. »Angefangen mit der Tatsache, dass das Arschloch, das dich entführt hat, ein Lösegeld von einer Milliarde Dollar verlangt hat.«

»Was zum Teufel?«, rief Tex aus.

»Und als die Leute hörten, dass du Geld brauchst, haben sie es dir geschickt. In Scharen.«

»Verdammte Scheiße«, fluchte Tex erneut.

Annie tat ihr Bestes, um sich ein Kichern zu verkneifen. Dann wurde sie nüchtern. »Du wirst so geliebt, Tex. Die Menschen im ganzen Land, auf der *ganzen Welt*, wissen, was du für andere tust. Sie wollten sich revanchieren. Und als sie hörten, dass der einzigartige Tex Hilfe brauchte, waren sie nur zu gern bereit zu helfen, wo sie nur konnten.«

»Ich will und brauche nichts von diesem Geld. Es geht zurück«, sagte er entschieden.

»Du wirst die Gefühle der Leute verletzen, die es gespendet haben«, erwiderte Mozart leichthin.

»Und fürs Protokoll, Melody hat dasselbe gesagt«, fügte Baker hinzu. »Ihr beide werdet euch überlegen müssen, was ihr damit macht. Wie ihr damit anderen helfen könnt, denen ihre Lieben genommen wurden. Soldaten. Matrosen. Den Vermissten und Ausgebeuteten. Gründe eine Stiftung. Ermögliche Stipendien. Wisch dir damit den Arsch ab. Was immer du willst. Aber du kannst es nicht zurückgeben. Nicht, nachdem die Menschen so eifrig geholfen haben, wie du ihnen oder ihren Angehörigen geholfen hast.«

»Aber ... eine Milliarde Dollar?«, flüsterte Tex.

»Sprich mit Ryleigh«, schlug Annie vor. »Sie hat bestimmt ein paar Ideen, was du damit machen kannst. Nach dem zu urteilen, was ich von Beth gehört habe, hat sie schon viel für wohltätige Zwecke gespendet.«

»Ja, das hat sie«, sagte Tex abwesend.

»Wir sind da«, verkündete Baker, als er vor der Notaufnahme des Krankenhauses anhielt.

»Könnte mir einer von euch einen Rollstuhl besorgen, damit Annie mich nicht tragen muss?«, fragte Tex. »Ich bin mir sicher, dass niemand da drinnen will, dass ich meinen nackten Hintern zur Schau stelle.«

Annie war so erleichtert, den Tex zu hören, den sie kannte und liebte. Als sie ihn in der Kiste entdeckt hatte, war sie erschrocken gewesen. Nicht so sehr, dass sie ihren Job nicht machen konnte, aber jetzt, da er in Sicherheit war, der Entführer gefasst war und Tex wieder wie er selbst klang, konnte sie zugeben, dass dies das Beängstigendste war, was sie je getan hatte, einfach weil es jemand war, den sie liebte und der in Gefahr schwebte. Es war wahrscheinlich eine gute Erfahrung. Es würde sie abhärten, falls so etwas jemals wieder passieren sollte – Gott bewahre.

»Ruf Mel an«, sagte Tex zu Annie, während er sich in den Rollstuhl setzte, den Mozart in der Notaufnahme geholt und zum Fahrzeug gebracht hatte. »Sag ihr, es geht mir gut. Aufrecht, sprechend, störrisch wie immer.«

»Das werde ich«, versicherte sie ihm.

Einen Moment lang konnte sie sich nicht bewegen, als Mozart praktisch zurück in die Notaufnahme lief und Tex vor sich herschob. Sie begann zu zittern, als alles, was passiert war, schließlich in ihr Bewusstsein drang.

Zu ihrer Überraschung legte Baker einen Arm um

ihre Schultern, zog sie an sich und umarmte sie fest, warm und beruhigend.

Es war genau das, was sie in diesem Moment brauchte. Baker war nicht gerade der Mann, von dem sie dachte, dass sie es *bekommen* würde ... aber sie hätte es besser wissen müssen. Sie hatte ihn mit Jodelle gesehen. Wie besorgt er um sie war, wie aufmerksam. Ihm entging nicht viel. Und während manche Leute sich für ihren Beinahezusammenbruch schämen würden, tat Annie das nicht. Ihr Vater hatte ihr immer wieder gesagt, dass auch Soldaten Menschen waren. Dass sie einen Weg finden musste, sich nach einem intensiven Einsatz zu entspannen.

»Danke«, murmelte sie an Bakers Brust.

»Besser?«, fragte er.

Annie nickte.

»Gut. Geh jetzt rein und ruf Melody an, wie Tex es befohlen hat. Ich parke und bin gleich drinnen.«

Das war der herrische Baker, den sie während der letzten Tage kennengelernt hatte.

Sie trat zurück und holte ihr Handy heraus, ohne darauf zu achten, wie Baker mit dem Geländewagen davonfuhr, als sie in den Warteraum der Notaufnahme ging. Dort würde es gleich sehr voll werden. Annie überlegte, ob sie das Personal warnen sollte, wie viele

Leute gleich in das Krankenhaus kommen würden, aber Melody ging ans Telefon und lenkte sie ab.

»Wir haben ihn gefunden. Ihm geht es gut. Herrisch und nervig wie immer. Er ist hier in der Notaufnahme, um sich durchchecken zu lassen. Wir sehen dich bald und erzählen dir alles, wenn du hier bist.«

Melody brach sofort in Tränen aus und konnte nicht sprechen.

Caroline nahm ihr das Telefon ab, fand heraus, wo sie Tex hingebracht hatten, und sagte, sie würden bald da sein.

Nachdem sie aufgelegt hatte, nahm Annie sich einen Moment Zeit, um die Augen zu schließen und einfach zu atmen. Die letzten paar Tage waren schrecklich gewesen, aber sie fühlte sich wie ein anderer Mensch. Tex war in Ordnung. Seiner Familie ging es gut. Keiner war verletzt worden. Es war ein gutes Ende für einen schrecklichen Albtraum.

Sie öffnete die Augen, trat vor und betrat die chaotische Notaufnahme. Es gab noch viele Informationen über die gesamte Situation zu sammeln, aber Annie fühlte sich gut mit dem Ergebnis, ihrer Rolle darin und mit dem Weg, den sie in ihrem Leben eingeschlagen hatte. Das war es, was sie tun wollte. Menschen in Sicherheit bringen. Beschützen. Retten.

KAPITEL ZWÖLF

Tex hatte keine Ahnung, wie spät es war. Irgendwann am Nachmittag, dachte er. Man hatte ihn stundenlang in der Notaufnahme festgehalten. Die Ärzte hatten über eine Operation an seiner Wade nachgedacht, aber nachdem sie sie gesäubert und ihn stundenlang mit Antibiotika vollgepumpt hatten, hatten sie zugestimmt, ihn mit dem Versprechen zu entlassen, dass er sofort wiederkommen würde, falls sein Bein sich verschlimmerte.

Sein Gesicht schmerzte von den Schlägen, ein paar seiner Rippen waren zum Glück nur angeknackst, nicht gebrochen. Seine Nase war gebrochen. Sein Gehör hatte sich größtenteils wieder normalisiert, und ein Auge war zwar immer noch geschwollen, aber er konnte mit ihm sehen. Alles in allem hatte er Glück gehabt. Er hatte Schmerzen, daran bestand kein Zweifel, aber er könnte tot sein. Die Verletzungen waren ihm allemal lieber als die Alternative.

Tex erklärte sich gern bereit, wieder ins Krankenhaus zu kommen, falls sich sein Bein verschlechterte oder die Schmerzen zu stark wurden. Er wusste besser als jeder andere, wie wichtig die Gesundheit seines verbliebenen Beins war. Er wollte nicht das Risiko eingehen, es auch noch zu verlieren. Aber er musste zu Hause sein. Bei seiner Frau. In seinem eigenen Bett.

Seine ganze Welt war während der letzten Woche aus den Fugen geraten, und so sehr er seine Freunde auch liebte und schätzte, er brauchte etwas Zeit mit Melody allein.

Seine Töchter waren beide ins Krankenhaus gekommen und hatten geweint, als sie ihn gesehen hatten. Tex hatte sogar selbst ein wenig geweint. Melody hatte sich zusammengerissen, aber er hatte das Gefühl, dass sie, wenn sie von ihren Töchtern und Freunden getrennt war, ihre wahren Gefühle zeigen würde. Und dazu war er mehr als bereit. Er empfand genauso.

Durch die Schmerzmittel, die durch seine Adern flossen, fühlte Tex sich ein wenig benebelt. Abgekoppelt von dem, was passiert war. Aber nicht so sehr, dass er nicht alles hören wollte, was passiert war, seit er und Melody entführt worden waren. Wie seine Freunde herausgefunden hatten, was passiert war, was alle getan hatten, um ihn zu finden, *wie* sie ihn gefunden hatten, was es mit Rooks Komplizen auf sich hatte und was mit der Polizei geschah.

Im Krankenhaus wollte er sich nicht damit befassen, denn es gab einfach keine Zeit, in der er nicht ständig von Krankenschwestern und Ärzten unterbrochen wurde, die ihm Blut abnahmen, Tests durchführten und ihr Bestes taten, um ihn wieder auf Vordermann zu bringen.

In dem verlassenen Haus gab es keine Spur von seiner Prothese, was schade war, denn die, die er bei seiner Entführung getragen hatte, war eine seiner Lieblingsprothesen gewesen. Aber er hatte ein paar zusätzliche Beine zu Hause, die er benutzen konnte, bis er sein bestes Bein ersetzt hatte.

Er und Melody saßen schweigend auf dem Rücksitz von Wolfs Mietwagen, als er sie zu seinem Haus zurückfuhr. Tex schaute aus dem Fenster, während er die Hand seiner Frau hielt, und wunderte sich, dass die Orte, die er täglich sah, irgendwie ... neu erschienen. Als würde er sie zum ersten Mal sehen.

Die Tatsache, dass Tex nun eine Vorstellung von den Gefühlen der Menschen hatte, denen er half, war sowohl ein Segen als auch ein Fluch. Er hatte das Gefühl, dass er sich nun besser in die Menschen einfühlen konnte, die er suchte, und auch in deren Angehörige. Aber zu wissen, was sie durchmachen könnten, würde auch seine Arbeit ein wenig erschweren, weil es ihn noch mehr unter Druck setzen würde.

Tex seufzte.

»Geht es dir gut?«, fragte Melody zum gefühlt hundertsten Mal.

»Jetzt, da ich wieder mit dir zusammen bin, schon«, antwortete er ehrlich.

Melody lehnte ihren Kopf an seine Schulter und schlang einen Arm um seinen Bizeps, während sie sich an ihn schmiegte.

Tex hatte im Krankenhaus ein Schwammbad nehmen können, aber er sehnte sich nach einer richtigen Dusche, um den Dreck aus dieser verdammten Kiste ein für alle Mal abzuspülen. Aber zuerst brauchte er Antworten.

Wolf fuhr in Tex' Einfahrt und hielt an.

Sofort war das Fahrzeug von seinen Freunden umringt. Alle drängten sich um ihn und wollten irgendwie helfen.

»Alle zurücktreten«, befahl Melody, als sie ausstieg und zu Tex' Seite des Fahrzeugs ging. Caroline holte den Rollstuhl, den sie im Krankenhaus gemietet

hatten, aus dem Kofferraum und brachte ihn an Tex'
Seite.

Gekonnt, als hätte er dasselbe schon tausendmal
getan, setzte Tex sich in den Stuhl. Das weckte Erinnerungen an die Zeit nach dem Verlust seines Beins, als er
an den Rollstuhl gefesselt gewesen war, bevor er seine
Prothese bekam.

Melody stellte sich hinter ihn, um den Stuhl zu
schieben, die einzige Person, der Tex jetzt erlaubte, das
für ihn zu tun, und sie betraten das Haus wie eine
verdammte Parade ... alle folgten Tex, als sei er der
Anführer einer Band oder so. Es nervte ihn maßlos,
und so wusste er, dass er die Informationen sammeln
musste, die er brauchte, um sich dann mit seiner Frau
für ein paar Stunden in seinem Schlafzimmer einzu-
schließen. Nach einem Nickerchen, während er Melody
im Arm hielt, würde er besser in der Lage sein, mit den
Sorgen der anderen umzugehen.

Sie schien alles besser zu machen. Das war schon
immer so gewesen, auch wenn Tex bis zu diesem
Moment nicht ganz klar gewesen war, wie sehr.

Er rollte sich ins Wohnzimmer und setzte sich auf
die Couch. Er wollte verdammt sein, wenn er in
diesem blöden Rollstuhl saß, während er alle Einzel-
heiten über seine Entführung erfuhr. Melody
fummelte ein wenig herum, während sie ein Kissen

unter sein Bein legte, das er auf dem Couchtisch vor sich abstützte.

»Wo sind Hope und Akilah?«, fragte er Melody, während sich alle in der Nähe aufhielten und es sich gemütlich machten.

»Amy hat sie. Sie hat sie vom Krankenhaus zu sich nach Hause gebracht. Sie wird sie versorgen, ihre Sachen packen und sie dann hierher zurückbringen ... so hast du Zeit, mit allen zu reden und Antworten zu bekommen.«

Auch hier kannte ihn seine Frau sehr gut. Sie wusste genau, dass er über das Geschehene sprechen musste, um alle Details zu erfahren, ohne dass seine Kinder traumatisiert wurden, wenn sie etwas davon mitbekamen. Er küsste sie und ließ seine Lippen auf den ihren verweilen. Tex hatte keine Ahnung, wie er den Jackpot mit dieser Frau geknackt hatte, aber er war in diesem Moment noch dankbarer als je zuvor.

Tex sah sich im Zimmer um. Er blickte zu Wolf, der in dem übergroßen Sessel saß, mit Caroline auf seinem Schoß. Zu Baker, der mit verschränkten Armen an der Wand lehnte, während seine Frau Jodelle zusammen mit Annie Wasserflaschen und Erfrischungsgetränke an diejenigen verteilte, die sie haben wollten. Zu Beth und Cade, die neben Melody auf der Couch saßen. Zu viert saßen sie eng beieinander, aber Tex beschwerte sich nicht darüber, dass seine Frau quasi an seiner Seite klebte.

Wolfs ehemalige Teamkameraden waren« im Raum verstreut. Die meisten standen, als seien sie zu unruhig, um sich auf den Boden oder vor den Kamin zu setzen.

Der Drang, sich noch einmal zu bedanken, lag ihm auf der Zunge, aber da er sich an Mozarts Warnung erinnerte, behielt er die Worte für sich. Er würde einen Weg finden, jedem in diesem Raum auf die eine oder andere Weise zu danken. Sowie allen, die nicht physisch anwesend waren, die aber ebenfalls daran gearbeitet hatten, ihn zu finden ... wie Ryleigh und Rex. Und auch denen, die Geld für sein Lösegeld gespendet hatten. Und wenn es den Rest seines Lebens dauern würde, Tex würde jede Spende zurückverfolgen und persönlich dafür sorgen, dass die Person, die sie überwiesen hatte, wusste, wie sehr er diese Geste zu schätzen wusste.

Er müsste es heimlich tun, denn wenn er plötzlich der »Danke«-Mann wäre, würden die Leute ausflippen.

Dieser Gedanke ließ ihn ein wenig lächeln. Dann wurde er nüchtern.

»Na gut, gebt es mir. Lasst nichts aus. Das Gute, das Schlechte und das Hässliche, ich will alles«, befahl er entschlossen. Zu Melody gewandt sagte er: »Du zuerst,

Mel. Was ist passiert, nachdem du aus dem verdammten Lieferwagen gestoßen wurdest?«

Den Gips an Melodys Arm und die verblassenden blauen Flecke zu sehen war schon schwierig genug, aber aus erster Hand zu hören, was sie durchgemacht hatte, brachte Tex fast zum Kotzen. Wie sie Schürfwunden an der ganzen Seite erlitten hatte. Wie verängstigt sie in den Sekunden gewesen war, bevor sie den Stoff abnahm, auf eine belebte Straße gestoßen wurde in der Annahme, sie würde gleich überfahren werden. Der Moment, in dem sie den Ziegelstein mit dem umgewickelten Zettel entdeckt hatte, aber dann gezwungen war, ihn liegen zu lassen, während sie zu Fuß Hilfe holte.

Tex erzählte der Gruppe, wie er bei seiner Ankunft im Haus geschlagen worden war, ihm aber niemand den Sack abgenommen hatte, bis sie ihm die Kleidung ausgezogen und ihm befohlen hatten, seine Prothese abzunehmen. Wie man ihn gezwungen hatte, in die Kiste zu hüpfen, während seine Entführer lachten.

»Wir werden sie finden. Sie alle«, sagte Baker mit Hass in der Stimme.

»Die Polizei ist schon dran«, sagte Truck. »Rook hat gesungen wie ein Kanarienvogel, und ich habe die meisten Namen bekommen, bevor er ... gestorben ist.«

Tex starrte den großen Mann an und kniff die

Augen zusammen. Er musste nicht wissen, was Truck getan hatte, um die Informationen über die anderen Männer zu bekommen, die Rook geholfen hatten. Aber eine Sache musste er wissen. »Hat er gelitten?«, fragte er.

»Oh ja. Das Arschloch hat gelitten.«

»Ich sollte ein schlechtes Gewissen haben, wenn ich weiß, was er durchgemacht hat«, sagte Melody leise an Tex' Seite. »Dass er die Qualen erlitten hat, nie zu erfahren, was mit seiner Frau passiert ist ... aber das gibt ihm nicht das Recht, das zu tun, was er dir angetan hat.«

»Und dir«, beharrte Tex.

Melody zuckte mit den Schultern. »Ein gebrochener Arm ist nichts im Vergleich zu dem, was dir passiert ist.«

»Wir werden keine Horrorgeschichten vergleichen«, sagte Tex entschieden. »Du wurdest genauso traumatisiert wie ich.«

Sie nickte zustimmend.

»Erzähl mir mehr über Asher Rook«, sagte Tex und sah Beth an. »Was habt du und Ryleigh über ihn herausgefunden?«

»Anscheinend hat er dich ausfindig gemacht und dich um Hilfe gebeten, seine Frau zu finden, etwa zur gleichen Zeit, als du knietief in der Suche nach Kalee gesteckt hast«, antwortete Beth.

Tex nickte. Er erinnerte sich an diese Zeit. Er war fast so besessen gewesen wie Phantom, die Frau zu finden, die sich das Herz seines Freundes geschnappt hatte und nicht mehr loslassen wollte. »Ich erinnere mich jetzt vage an Rook«, überlegte er. »Er hatte nicht viele Informationen, außer dass sie während eines Footballspiels verschwand. Ich habe mich mit dem zuständigen Detective in Pittsburgh in Verbindung gesetzt, und er sagte mir, dass er ein Team von vier Männern damit beauftragt hat, Videos aus dem Stadion zu untersuchen, und dass er große Hoffnungen hegt, dass sie etwas finden werden. Er war der Meinung, dass sie vorsätzlich verschwunden war. Ich vermute, Rook war gewalttätig ... was *er* mir natürlich nicht gesagt hat. Der Detective vermutete, dass sie einfach die Nase voll hatte. Ich vermutete, dass der Besuch des Spiels ein Trick war und sie in einen Bus oder so gestiegen ist, um aus der Stadt und von ihm wegzukommen. Kalee Solberg zu finden war viel wichtiger, als eine misshandelte Ehefrau aufzuspüren, die jedes Recht hatte, von einem Mann wegzukommen, der ihr wehgetan hatte.«

»Ich würde sagen, du erinnerst dich mehr als nur *vage* an ihn«, sagte Benny lachend.

Tex zuckte mit den Schultern. Als er anfing, über

die vermisste Frau zu sprechen, fielen ihm immer mehr Details ein. »Also ... Rook hat mich als Geisel genommen, weil er sauer auf mich war?«, fragte Tex in den Raum hinein.

»So ziemlich«, antwortete Truck mit einem Nicken. »Ich habe ihn gefragt, warum er Melody mitgenommen hat, und er sagte, weil er wollte, dass du leidest, in dem Wissen, dass deine Frau verletzt ist und du nichts dagegen tun kannst.«

»Das ist ihm gelungen, verdammt«, murmelte Tex.

»Er lernte genug aus den Videospielen, die er gern gespielt hatte, um es so aussehen zu lassen, als sei er ein professioneller Auftragskiller oder so«, sagte Wolf. »Er heuerte Leute an, mit denen er sich online angefreundet hatte. Andere wie er, die Stunden damit verbrachten, diese realen Kriegssimulationen zu spielen. Es ist erschreckend, wie gut sie in der Lage waren, ihren Plan auszuführen.«

»Ja, das ist es«, stimmte Tex zu und erinnerte sich daran, wie sie ihn jedes Mal verprügelt hatten, wenn er aus der Kiste gezerrt worden war. »Wo sind diese Männer jetzt?«

»Um die wird sich gekümmert«, sagte Truck mit harter Stimme.

Das war genug für Tex. Dieses eine Mal wollte er es anderen überlassen, sich um die Leute zu kümmern, die ihn und Melody entführt hatten. Er musste das hinter sich lassen. Aber er würde den SEAL finden, der sich an seinen Schlägen beteiligt hatte. Es war seine Aufgabe, diesen Mann zu finden und zu bestrafen. Niemand befleckt den Namen der SEALs. Niemand. »Wie hast du mich gefunden?«, fragte er und richtete die Frage an Beth.

Sie erläuterte, wie Ryleigh die möglichen Orte, an denen er hätte festgehalten werden können, ausfindig gemacht hatte und wie seine Freunde sich aufgeteilt hatten, um sie zu durchsuchen.

»Wir waren ein wenig unterbesetzt, aber ich wollte nicht warten, bis jemand anderes herkommt«, erklärte Wolf. »Du sollst wissen, dass mindestens ein halbes Dutzend Teams angeboten haben, genau das zu tun. Der Rest von Trucks Team, Rocco und seine SEALs, Trigger und seine Deltas. Rex bot an, seine Mountain Mercenaries zu schicken, und ich hatte sogar einen Anruf von Bull aus Indianapolis, der gerade mit seinem Silverstone-Team in ein Flugzeug steigen wollte. Und nicht nur das, sondern ich glaube, jeder Einzelne, dem du jemals geholfen hast, war mehr als bereit, ebenfalls hierherzukommen. Aber ich dachte, das Letzte, was wir brauchen – und was Melody braucht –, sind Dutzende von Leuten, für die sie die Gastgeberin spielen muss. Nicht dass das irgendjemand erwarten würde, aber wir alle kennen deine Frau, und sie würde sich persönlich vergewissern wollen, dass jede einzelne Person, die hier ist, zu essen bekommt und sich ihrer Dankbarkeit bewusst ist.«

Tex schaute auf Melody herab. Einer der vielen Gründe, warum er sie liebte, war ihr großes Herz. Und er konnte sich gut vorstellen, wie sie versuchte, dafür zu sorgen, dass alle satt waren und versorgt wurden, anstatt sich um sich selbst zu kümmern.

»Wie gesagt, wir waren etwas unterbesetzt, aber wir wussten alle, dass wir uns sofort bei den anderen melden mussten, wenn wir etwas fanden«, sagte Wolf zu Tex. »Und ich habe den Rest meiner Leute auf Melody angesetzt.«

»Warte – *auf* sie?«, fragte Tex verwirrt. »Sie war nicht hier zu Hause und hat gewartet, ob du mich gefunden hast?«

Seine Frage wurde mit einem unruhigen Schweigen quittiert.

Tex wandte sich an seine Frau. »Mel?«

»Es war keine große Sache. Uns wurde gesagt, dass die Geldübergabe im Sugar Shack stattfinden sollte. Du weißt schon, diese verlassene Fabrik? Und ich war diejenige, die das Geld hinbringen sollte.«

Tex hatte das Gefühl, als würde sein Kopf gleich explodieren. Er warf Wolf einen wütenden Blick zu.

»Du hast sie zu einer Geldübergabe gehen lassen? Bist du *wahnsinnig*?«

»Es war klar, dass er nicht dort sein würde«, warf Beth ein. »Es ist ja nicht so, dass sie eine Milliarde Dollar besorgen, geschweige denn zu einer Geldübergabe schleppen könnte. Die würde nicht einmal in den Geländewagen passen.«

»Wir sind zum Haus zurückgekommen, als wir merkten, dass das Sugar Shack verlassen war«, erklärte Melody ihm ruhig.

Tex war alles andere als ruhig, aber er erinnerte sich daran, dass am Ende alles gut ausgegangen war. Melody ging es gut, und ihm würde es bald genauso gehen. Trotzdem hatte er sich noch nie in seinem Leben so sehr gewünscht, auf und ab zu gehen. »Ich kann nicht glauben, dass er eine Milliarde Dollar verlangt hat«, sagte er kopfschüttelnd. »Er muss doch wissen, dass es unmöglich ist, so viel Geld zu bekommen.«

»Eigentlich ...«, begann Abe. »Das Letzte, von dem ich gehört habe, war eine Milliarde und ein paar Zerquetschte auf dem Konto, das Ryleigh eingerichtet hat, um Spenden entgegenzunehmen.«

Tex' Augen weiteten sich. »Wie bitte?« Er wusste, dass die Leute Geld für das Lösegeld gespendet hatten, aber er hatte nicht gewusst, wie viel zusammengekommen war.

»Als die Leute hörten, dass du in Schwierigkeiten steckst, dass der Entführer Geld verlangt, waren sie mehr als bereit zu spenden. Und sich an Leute zu wenden, die mehr Geld haben, als sie jemals im Leben ausgeben können. Du hast so viele Menschen berührt, Tex, dass sie alle auf irgendeine Weise etwas zurückgeben wollten«, erklärte Caroline. »Und diejenigen, denen du nicht geholfen hast, wollten offenbar eine Spende machen, falls sie dich und deine Fähigkeiten in Zukunft brauchen.«

Tex konnte nicht glauben, was er da hörte. Erstens, dass Rook den Mut hatte, eine Milliarde Dollar als Lösegeld zu fordern, und zweitens, dass es tatsächlich aufgebracht worden war. Es würde verdammt lange dauern, jedem einzelnen Spender zu danken. Länger als er erwartet hatte.

»Jedenfalls bin ich mit ein paar Seesäcken voller Handtücher zum Sugar Shack gefahren, nur für den Fall, dass er dort ist, aber wie wir vermutet hatten, war die Gegend völlig verlassen. Keine Spur von jemandem«, erklärte Melody. »Abe, Cookie, Benny und Mozart waren alle bei mir. Sie haben die Gegend überprüft und dafür gesorgt, dass ich in Sicherheit war.«

Das war schon etwas. Tex vertraute diesen Männern

mit seinem Leben. Und was noch wichtiger war, mit *Melodys* Leben.

Er wandte den Blick zu Annie. »Und du und Truck hattet die Aufgabe, das Haus zu überprüfen.«

Sie nickte. »Truck ging nach vorn und ich ging hinten herum. Ich schaute durch die Fenster. Ein Zimmer war verwüstet, aber das andere hatte diese Verdunklungsvorhänge zugezogen. Das war sehr verdächtig. Ich dachte, das unverschlossene Fenster sei eine Falle, aber dann sah ich den Stuhl in der Mitte des Raumes und ... diese Kiste.« Ihre Stimme zitterte leicht bei den letzten beiden Worten.

Tex dachte nicht gern an die Kiste, in der er gefangen gehalten worden war, aber er war frei. Er war nicht mehr dort drin.

Annie erklärte allen Anwesenden, wie sie Wolf eine SMS geschickt hatte, dann hineingegangen war, die Schlösser an der Kiste geknackt und ihn herausgeholt hatte.

Sie klang so sachlich, als sie darüber sprach, wie sie ihn hochhob, als würde er nicht mehr wiegen als ein Kind, und sie beide so weit wie möglich vom Haus wegbrachte.

»Ich weiß, dass es nicht leicht war, ein Green Beret zu werden«, sagte Tex leise. »Ich weiß, dass du schikaniert wurdest und doppelt so hart arbeiten musstest wie alle anderen, um deinen Platz unter den Besten der Besten einnehmen zu können. Aber so wie ich das sehe, gibt es niemand anderen, von dem ich gewollt hätte, dass er mich aus dieser Hölle befreit. Du hast alles richtig gemacht, Annie, ohne zu zögern. Und glaube nicht, dass mir entgangen ist, wie du mich beschützt hast, als wir die Schüsse hörten. Du wirst eine Bereicherung für jeden Zug sein, in dem du bist, und ich habe keinen Zweifel daran, dass du aufsteigen und schon bald das Kommando über deine eigene Einheit übernehmen wirst.«

Annies Augen füllten sich mit Tränen, aber sie hielt sie zurück. »Danke, Tex.«

Er schaute sich im Raum nach seinen Freunden um und fühlte sich extrem gesegnet. In der Vergangenheit hatte er oft das Gefühl gehabt, bei dem, was er tat, allein zu sein. Er saß in seinem Keller, tippte auf seiner Tastatur herum, hatte niemanden, mit dem er seine Ideen besprechen konnte, und verließ sich auf seinen Instinkt und pures Adrenalin, wenn er die Beweise fand, die er brauchte, um einen Vermissten zu finden.

Aber er war nicht allein. Nicht einmal annähernd. Das Bankkonto mit einer verdammten Milliarde Dollar darauf und die Männer und Frauen in diesem Raum bewiesen genau das.

Er war sich sicher, dass er später noch mehr Fragen

haben würde, aber für den Moment war Tex fertig. Es fiel ihm plötzlich schwer, die Augen offen zu halten, und er musste sich hinlegen, seine Frau umarmen und sich glücklich schätzen.

Er schaute sich um und sprach langsam und deutlich, damit alle Anwesenden wirklich hören konnten, was er sagen wollte. »Ich danke euch. Dafür, dass ihr hier seid. Dass ihr Melody und meine Kinder beschützt habt, dass ihr getan habt, was getan werden musste, um mich zu finden, dass ihr mich beschützt habt. Das bedeutet mir sehr viel.«

»Oh Scheiße, die Welt geht unter, nicht wahr?«, sagte Cookie leise. »Tex dankt den Leuten ... wer hätte das gedacht?«

Alle lachten. Sogar Tex' Lippen verzogen sich zu einem Grinsen.

»In diesem Sinne werde ich jetzt in mein Schlafzimmer gehen und mich ausruhen. Stört mich unter keinen Umständen, verstanden?«

»Ja.«

»Natürlich.«

»Das würde mir im Traum nicht einfallen.«

»Alles klar, Boss.«

»Und wenn ich aufwache, werde ich in meinen Keller gehen und mich davon überzeugen, dass du und

Ryleigh meine Dateien nicht durcheinandergebracht habt«, brummte Tex und sah Beth an.

Sie lachte.

»Niemand hat irgendetwas durcheinandergebracht«, sagte Cade und rollte mit den Augen.

»Ich schicke dir die Namen der Männer, die Rook geholfen haben«, sagte Truck. »Jemand wird sich um sie kümmern, aber ich weiß, dass du ihre Namen trotzdem wissen willst.«

Verdammt richtig, das wollte er. Er nickte Truck zu.

»Ich weiß, du wolltest duschen, aber ich denke, du solltest damit warten und es erst morgen früh tun«, sagte Melody leise.

»Ich fühle mich gut«, beharrte er. Was eine Lüge war. Er fühlte sich beschissen. Seine Wade tat weh – verdammt, sein fehlendes Bein tat weh –, er hatte Kopfschmerzen und er war erschöpft. Aber das brauchte niemand zu wissen. Obwohl, wenn er jetzt an das Duschen dachte, war er erleichtert, dass es in der Dusche eine eingebaute Bank gab, denn er würde nicht stehen können, um sich sauber zu machen. Das war ätzend.

»Komm schon, Iron Man«, sagte Melody kichernd. »Ich könnte auch ein Nickerchen gebrauchen.«

Das hatte er sich schon gedacht. Er bezweifelte, dass Mel während seiner Abwesenheit viel geschlafen hatte.

Er war mehr als glücklich, direkt ins Bett zu gehen, solange sie mit ihm zusammen war.

Es war eine verdammte Tortur, wieder in den Rollstuhl und in sein Schlafzimmer zu kommen. Tex würde sehr froh sein, wenn er sein Bein wiederhatte und seine Wade geheilt war, damit er wieder mobiler sein konnte.

»Ich werde Hope und Akilah unterhalten, wenn sie mit Amy zurückkommen«, sagte Caroline.

»Und ich mache das Abendessen«, bot Benny an.

Tex nickte ihnen zu und freute sich schon darauf zu sehen, was Benny sich für alle zum Essen ausdachte. Der Mann war ein Genie in der Küche.

Er wollte gerade die Tür zu seinem Schlafzimmer schließen, als Annie laut aus dem Wohnbereich sprach. »Ich glaube, du wärst jetzt etwas offener dafür, den schicken neuen Peilsender zu tragen, den du mir aufgedrängt hast, oder?«

Der kleine Scheißer.

Sie hatte nicht unrecht. Tex hatte keinen Zweifel daran, dass er viel früher gefunden worden wäre, wenn er den von ihm erfundenen Prototyp getragen hätte, der ähnlich wie der Mikrochip eines Hundes oder einer Katze unter die Haut injiziert wurde. Wahrscheinlich sogar fast sofort.

»Ich werde es tun, wenn du es tust!«, rief er zurück.

Er hörte, wie Annie einen Freudenschrei ausstieß,

bevor Melody die Tür schloss. Auch sie hatte ein Grinsen im Gesicht. Ohne viel Aufhebens half sie Tex ins Bett und kletterte sofort neben ihn. In dem Moment, in dem er seine Arme um sie gelegt hatte, spürte Tex zum ersten Mal, wie er sich völlig entspannte.

Es war ihm nicht peinlich gewesen, dass Annie ihn ohne Kleidung sah. Er hatte sich nicht darüber aufgeregt, dass er sich nicht selbst hatte retten können. Und er hatte sich nicht dafür geschämt, dass er geweint hatte, als er Melody zum ersten Mal gesehen hatte und sich davon überzeugen konnte, dass es ihr gut ging. Ein bisschen angeschlagen, aber am Leben.

Aber hier, in seinem Haus, in seinem Bett, mit seiner Frau im Arm, ließ Tex all die Gefühle zu, die er während der letzten Woche in sich aufgestaut hatte. Die Angst, die Ungewissheit, die Sorge, die Wut, den Unglauben, dass er *entführt* worden war. Er weinte, während seine Frau ihn mit ihrem unverletzten Arm so fest wie möglich hielt und mit ihm zusammen weinte.

Danach fühlte er sich zwar besser, aber völlig ausgelaugt.

»Ich werde jetzt schlafen«, warnte er sie.

»Schhhh. Ich habe dich.«

»Ich liebe dich«, sagte Tex. »Ich bin stolz auf dich, dass du so stark warst.«

»Ich liebe dich auch. Wir haben ein paar ziemlich tolle Freunde.«

»Ja, die haben wir«, stimmte Tex zu.

Sein letzter Gedanke war, wie schön sie war, die absolute Stille in diesem Raum. Er würde so etwas nie wieder als selbstverständlich ansehen. Er würde *keinen* seiner Segen mehr als selbstverständlich ansehen. Seine Gesundheit, seine Familie, seine Freunde. Er war ein glücklicher Mann.

Ich hoffe, dass Ihnen diese Geschichte gefallen hat, die mich hart getroffen hat und nicht mehr loslassen wollte. Sie basiert zum Teil auf einer wahren Geschichte, die ich einmal im Fernsehen gesehen habe. Ein Mann wurde südlich der US-Grenze entführt und monatelang festgehalten, während seine Familie versuchte, mit den Entführern zusammenzuarbeiten, um ihn sicher und gesund nach Hause zu bringen. Er wurde in einer ähnlichen Situation wie Tex in dieser Geschichte gehalten, in einer Kiste, mit lauter Musik, allein, Woche für Woche. Er wurde monatelang festgehalten, und eines Tages ließen seine Entführer ihn einfach gehen. Und er ging nach Hause. Übel zugerichtet, geschlagen, aber am Leben. Das hat mich inspiriert und ich dachte: Was wäre, wenn das unserem Tex passiert wäre? Schade, dass der Mann in der echten Geschichte keinen Peilsender hatte. Oder Freunde bei der Spezialeinheit. Oder Annie.

Es gab so viele Figuren in dieser Geschichte, dass ich sie gar nicht alle aufzählen kann, aber falls Sie sie nicht kennen, sie stammen aus den folgenden Serien: *SEALs of Protection, Die Zuflucht in den Bergen, Badge of Honor: Die Texas Heroes, Die Mountain Mercenaries, Die Männer von Silverstone, Die SEALs von Hawaii* und *Die Delta Force Heroes.*

BÜCHER VON SUSAN STOKER

<u>**SEALs of Protection:**</u>

Schutz für Caroline

Schutz für Alabama

Schutz für Fiona

Die Hochzeit von Caroline

Schutz für Summer

Schutz für Cheyenne

Schutz für Jessyka

Schutz für Julie

Schutz für Melody

Schutz für die Zukunft

Schutz für Kiera

Schutz für Alabamas Kinder

Schutz für Dakota

Schutz für Tex

SEALs of Protection: Alliance

Schutz für Remi

Schutz für Wren

Schutz für Josie

Schutz für Maggie

Schutz für Addison (6 May)

Schutz für Kelli

Schutz für Bree

Ein Spiel des Glücks

Ein Beschützer für Carlise

Ein Prinz für June (1 Jun)

Ein Held für Marlowe (1 Aug)

Ein Holzfäller für April (1 Okt)

Die Rescue Angels

Hilfe für Laryn (1 Jul)

Hilfe für Amanda (4 Nov)

Hilfe für Zita

Hilfe für Penny

Hilfe für Kara

Hilfe für Jennifer

Die Männer von Silverstone

Vertrauen in Skylar

Vertrauen in Taylor

Vertrauen in Molly

Vertrauen in Cassidy

<u>Die Zuflucht in den Bergen</u>

Zuflucht für Alaska

Zuflucht für Henley

Zuflucht für Reese

Zuflucht für Cora

Zuflucht für Lara

Zuflucht für Maisy

Zuflucht für Ryleigh

<u>Das Bergungsteam vom Eagle Point</u>

Ein Retter für Lilly

Ein Retter für Elsie

Ein Retter für Bristol

Ein Retter für Caryn

Ein Retter für Finley

Ein Retter für Heather

Ein Retter für Khloe

<u>SEALs of Protection: Legacy</u>

Ein Beschützer für Caite

Ein Beschützer für Brenae

Ein Beschützer für Sidney

Ein Beschützer für Piper

Ein Beschützer für Zoey

Ein Beschützer für Avery

Ein Beschützer für Kalee

Ein Beschützer für Jane

<u>Die SEALs von Hawaii:</u>

Die Suche nach Elodie

Die Suche nach Lexie

Die Suche nach Kenna

Die Suche nach Monica

Die Suche nach Carly

Die Suche nach Ashlyn

Die Suche nach Jodelle

<u>Delta Team Zwei</u>

Ein Held für Gillian

Ein Held für Kinley

Ein Held für Aspen

Ein Held für Jayme

Ein Held für Riley

Ein Held für Devyn

Ein Held für Ember

Ein Held für Sierra

Mountain Mercenaries:

Die Befreiung von Allye

Die Befreiung von Chloe

Die Befreiung von Morgan

Die Befreiung von Harlow

Die Befreiung von Everly

Die Befreiung von Zara

Die Befreiung von Raven

Ace Security Reihe:

Anspruch auf Grace

Anspruch auf Alexis

Anspruch auf Bailey

Anspruch auf Felicity

Anspruch auf Sarah

Die Delta Force Heroes:

Die Rettung von Rayne

Die Rettung von Emily

Die Rettung von Harley

Die Hochzeit von Emily

Die Rettung von Kassie

Die Rettung von Bryn

Die Rettung von Casey

Die Rettung von Wendy

Die Rettung von Sadie

Die Rettung von Mary

Die Rettung von Macie

Die Rettung von Annie

<u>Eine Sammlung von Kurzgeschichten</u>

Ein langer kurzer Augenblick

Besuchen Sie Susan im Netz!

www.stokeraces.com

facebook.com/authorsusanstoker

twitter.com/Susan_Stoker

bookbub.com/authors/susan-stoker

instagram.com/authorsusanstoker

Email: Susan@StokerAces.com